Jens Korbus

Kleist, Goethe, Hölderlin

Drei Erzählungen

Die Deutsche Nationalbibliothek verzeichnet diese Publikation in der Deutschen Nationalbibliothek; detaillierte bibliographische Daten sind im Internet über http://dnb.d-nb.de abrufbar.

Umwelthinweis:
Dieses Buch wurde auf chlorfrei gebleichtem Papier gedruckt.

© 2020 Jens Korbus
Herstellung und Verlag:
BoD – Books on Demand, Norderstedt
2023, 3. Auflage
Layout und Cover: Manuela Wirtz, www.manuwirtz.de
Coverbilder von Wikimedia commons, gemeinfrei: Heinrich von Kleist, 1801, Zeichnung Peter Friedel, Dresden, Sammlung Otto Krug / Johann Wolfgang von Goethe; von Angelica Kauffman, Weimar, Goethe-Nationalmuseum / Portrait Friedrich Hölderlin (1770-1843) von Franz Karl Hiemer / Bilder bearbeitet von Manuela Wirtz

Printed in Germany
ISBN 9783750434172

Jens Korbus

KLEIST · GOETHE HÖLDERLIN

Drei Erzählungen

Inhalt

„Sage einem Menschen, der nicht Geometer ist, dass ein begrenztes Viereck einem unbegrenzten Raum gleich sei. Nach dem Beweis davon, wird er betroffen dastehen, und dennoch von seiner Verwirrung durch tiefes Nachdenken endlich sich losmachen.“

Friedrich Heinrich Jacobi: Über die Lehre des Spinoza in Briefen an den Herrn Moses Mendelssohn.

Breslau 1785

Waldenfels

Erzählung

*Das Glück der Freiheit und Selbstbestimmung durchflutete ihn
wie ein starker Trank.*

Hermann Hesse, Das Glasperlenspiel

1. Heimkunft

Am 24. April 2019 kehrte der Journalist Friedrich Waldenfels, fünfundfünfzig Jahre alt, aus Syrien, wo er als Korrespon-
dent für die Frankfurter Allgemeine Zeitung und DIE ZEIT
online tätig gewesen war, nach Deutschland zurück. Er hatte
viel recherchiert, war in einem der Spezialgefängnisse gelandet
und hatte Folter und mehrere Scheinhinrichtungen überlebt.
Er war erst in der berüchtigten Abteilung zweihundertfünfunddreißig in Damaskus gewesen, einem Gefängnis des syrischen Geheimdienstes. Im Gefängnis, wo zwanzig Gefangene
in einem kleinen Raum gehalten wurden, hatte eine zerlesene
englische Übersetzung der Novellen von Heinrich von Kleist
zirkuliert, und er hatte sich gleich für „Michael Kohlhaas" und
„Die Marquise von O…" entschieden. Er wunderte sich, dass die
englische Übersetzung, die wunderbare Syntax von Kleist nicht
trübte. Er las auch „Die Verlobung in St. Domingo", und nach
seiner Befreiung, zurück in Deutschland, las er in der FAZ, dass
ein Regisseur die Dramatisierung dieser Novelle in Zürich auf
die Bühne gebracht hatte. Er selbst hatte, mit einundzwanzig
Jahren, im dritten Semester seines Germanistikstudiums, eine
Seminararbeit über diese Erzählung geschrieben, und das Vertrauensdilemma, das dort abgehandelt wurde, beschäftigte ihn
noch immer. Der Regisseur hatte Abgründe von Sexismus, Exo-
tismus, preußischem Geist und kolonialherrlicher Arroganz in
dem Stück entdeckt, und Friedrich wunderte sich, dass es in der
Aufführung, wie es in der Zeitung hieß, eine „Schwarz-Quote"
geben sollte. Die Menschen in seinem syrischen Gefängnis
waren überwiegend „schwarz" gewesen.

Sein Verbrechen hatte nur darin bestanden, dass er als Journalist arbeitete. Prügel, Folter, auch mit Elektroschocks und

kochendem Wasser, waren alltäglich. Nach und nach lernte er aber seine Mitgefangenen doch kennen, viele konnten englisch, und er sprach ganz gut arabisch. – Einer seiner Mitgefangenen hatte Kleists Buch, das auch durch viele Hände gegangen war, mit ihm gelesen, und er konnte sich mit ihm auf Englisch darüber unterhalten. Der Mann, er hieß, wie viele, Mohamed Ali, sagte, Kleist würde zu den Folterszenen hier gut passen. Seine Geschichten seien auch Folter. Aber eine Frau wie Toni in der „Verlobung in St. Domingo", die wie ein unschuldiger Engel zwischen die Fronten geraten war, möchte er auch haben, wenn er einmal frei sei. Und die Gewaltspirale in der Erzählung sei ihm wohl bekannt aus dem Bürgerkrieg. Mohamed Ali hatte sehr dunkle Haut.

Als Friedrich, durch eine Ramadan-Amnestie, plötzlich frei kam, wurde er mit einem Massentransport nach Deutschland geflogen und ließ sich mit seiner Frau, die auf ihn gewartet hatte, in einem kleinen rheinischen Städtchen nieder, wo er Freunde hatte. Sein zweiundneunzigjähriger Onkel, ehedem Maschinenbauingenieur und fit wie ein Leichtathlet, mietete ihm ein Haus neben seinem eigenen. Man muss sich diese großen, weißen, spitzgieblingen, zweistöckigen Einfamilienhäuser vorstellen, in dem kleinen Areal, direkt neben dem Schloss, mit seiner adeligen Besitzerin, den Park mit dem Weiher und dem Schmetterlingsgarten. Die säuberlich gestutzten Hecken vor den Häusern und einer kleinen Verkehrsinsel, die die einander gegenüberliegenden Wohnhausgruppen von einander trennten. Das Haus seines Onkels war das schönste, obwohl die Häuser alle fast gleich aussahen. Auch hier eine sorgsam gestutzte Hecke neben dem Garagentor. Sein Onkel hatte ihn, in der Tür stehend, empfangen, im karierten Hemd, beigen Jeans und einen großen Schlüsselbund am Gürtel. Er erinnerte sich an das Schicksal seiner vielen Onkel und Tanten. Sie hatten alle noch den Nationalsozialismus erlebt, und eine Schwester, die begabteste, durchwanderte viele Krankenhäuser. Sie hatte Weihnachten, das die Familie immer zusammen feierte, die Weihnachtslieder am inbrünstigsten gesungen: „Zwei Engel sind hereingetreten …". Zuletzt landete sie in einem Altersheim der Arbeiterwohlfahrt, oberhalb des Friedhofes, ein riesiger Hochhausblock, mit blau und rosa gestrichenen Innenräumen. Der Onkel erzählte dem heimgekehrten Friedrich von seinem letzten Besuch dort oben. Der Bruder seines Onkels war im Zweiten Weltkrieg in Rumänien gewesen. – Wie lautlos sich alle in die nächste Generation eingegliedert hatten und ihr Leben fristeten. Friedrich wollte sich gerne mit dem zweiundneunzigjährigen Mann, der trotz einer leichten Herzerkrankung so lange durchgehalten hatte, auseinandersetzen. 1927 geboren, Flakhelfer, Ingenieurstudium in Chemnitz, danach von der DDR in eine Ingenieurstellung in Görlitz verplant, eine Stadt, von der er sein Leben lang mit Liebe und Hochachtung sprach. Heirat und Flucht in den Westen. Seine Frau kommt später nach. Zwei Kinder, alle erfolgreich. Er war im Westen erst in München Ingenieur, dann in Köln, wo er bis zu seiner Pensionierung blieb. Dann erbt er das Haus im Schlossgarten von seiner älteren Schwester. Er bekommt Enkel vom Sohn, der Pädagogik studiert hat und ein erfolgreiches Reiseunternehmen betreibt. Seine Tochter, auch glücklich verheiratet, bleibt kinderlos. Das Selbstbewusstsein, mit dem dieser Mann, ihn, Friedrich Waldenfels, vor seiner Haustür stehend, in Deutschland empfangen hatte, gefiel ihm.

2. Puppen am Draht des Schicksals

Kleist ließ ihn auch in Deutschland nicht wieder los. Friedrich besorgte sich die Erzählungen in der Originalsprache Deutsch und las alle acht Erzählungen in einem Zug durch. Kleists Figuren hatten ein unfehlbares, innerstes Gefühl, das über die Wirklichkeit triumphierte, ohne aber ihrer recht Herr zu werden. Er freute sich, jetzt als Fünfundfünfzigjähriger „das Erdbeben in Chili" noch einmal zu lesen und in der Novelle seine eigene Vergangenheit zu erkennen. Ein engstirniger Fanatismus, wie er ihn selbst erlebt hatte, stand in der Geschichte dem ungetrübten, natürlichen Gefühl der beiden Liebenden gegenüber. Und er hätte sich gerne wie Michael Kohlhaas an der „satanischen Rotte", die ihn in Syrien gequält hatte, gerächt.

Sie waren am zweiten Nachmittag nach seiner Rückkunft in einem benachbarten kleinen Städtchen am Rhein gewesen und dort auf den Trompetenberg gekraxelt. Dort oben stand eine Kirche, wie auf den kegelförmigen Berg gepflanzt, in unmittelbarer Nachbarschaft einer Burg. Neben der Kirche gab es eine Restauration, und dort hatte sich ein Trommlerworkshop aufgebaut, angeführt von einem Farbigen mit Piratenkopftuch und sechs Europäern. Die Gruppe hatte so gut getrommelt, dass man geglaubt hatte, der Gott Voodoo sei selbst aus den Wolken herabgestiegen. Es gab selbstgebackenen Kuchen und Cappuccino aus der Maschine, alles fast umsonst. Nach der Trommlergruppe hatte ein langhaariger junger Mann mit Schiebermütze und Hosenträgern drei Saxophone in die Ecke gestellt, ein junger Gitarrist gesellte sich dazu. Das Duo spielte jüdische Festtagsmusik: Klarinette, Sopransaxophon und Gitarre. Friedrich dachte kurz daran, was man in Damaskus dazu gesagt hätte. Er hatte etwas so Ergreifendes selten gehört. Danach kündigte der Saxophonist „etwas anderes" an, ein alter Mann, ganz in schwarz, griff sich die Gitarre, und die beiden Musiker spielten ein fetziges Jazz-Thema. Friedrich musste doch von seinem Kaffeehausstuhl aufstehen und nach dem Thema fragen, das gespielt worden war. Es war „Road to hell" von Chris Rea. Er ruhte nicht eher, bis in der Buchhandlung angerufen hatte, und sich die Originalversion des Stückes auf CD bestellt hatte.

Eine Woche später war er mit seiner Frau in die Brotfabrik gegangen, wo syrische Flüchtlinge ein selbstgeschriebenes Theaterstück aufführten. Es ging um ein Fahrrad, das typische Flüchtlingsgefährt, das schwer zu erringen war. Er war konsterniert über das aggressive Selbstbewusstsein, mit dem es dort oben auf der Bühne zuging. Die Männer stampften auf den Boden, schrien, nur ab und zu gab es etwas mildere Töne. – Nach der Vorstellung standen sie mit einer Bekannten, die Appartements an die syrischen Flüchtlinge vermietete, zusammen mit den Schauspielern im Foyer, da durchfuhr es Friedrich Waldenfels wie ein Stromschlag. Der Hauptrollenträger war Abbas, der im Gefängnis zweihundertfünfunddreißig in Damaskus der berüchtigste Quäler gewesen war. Also Schauspieler war er jetzt, eiskalte Leute, die nach der Vorstellung einander ins Gesicht spuckten. Er war sich aber nicht ganz sicher und dachte, er würde herausbekommen, wo dieser Abbas wohnte und ihn dann mit großer Sicherheit wiedererkennen. Er musste, angesichts dieser Erinnerung, an seinen beiden Gymnasiallehrer Bach und Rohlinger denken, die ihn in der Mittelstufe verfolgt hatten. Bach mit dem schweren Tafellineal, Rohlinger mit hässlichen Sprüchen. An seiner Stadt war die Achtundsechzigerbewegung vollkommen vorbeigegangen. Leute, die wirklich Spießer waren, bezeichneten alle anderen als Spießer. Er dachte daran, dass, wer mit Kleist sich einließe, unweigerlich in die Gedankenwelt des Selbstmordes geriete. Und er musste an das Todesszenario denken, das der Dichter sich mit seiner Sterbensfreundin, der verheirateten Henriette Adolphine Vogel, ausgedacht hatte. Sie waren fröhlich und fast tanzend von Berlin zum Wannsee gefahren, hatten sich in einer Gastwirtschaft einquartiert, waren zum See gewandert und hatten sich dorthin an den Tisch Kaffee und Rum bringen lassen. Sie hatten die ganze Nacht nicht geschlafen und hatten in ihren Zimmern laut geredet. Sie hatten, einander an den Händen fassend, am Ufer des Wannsees getanzt. Dann hatten die Gastwirte, weit entfernt von der Unglücksstelle, zwei Schüsse gehört. Kleist hatte Henriette in die Brust geschossen und dann sich selbst in den Mund. Er war aber nicht an der Kugel gestorben, die kaum größer als eine Bohne war, sondern war am Rauch des Schießpulvers erstickt, wie die Obduktion herausfand. In den nachgelassenen Briefen der Henriette Vogel fand man Sätze an Kleist wie: „Mein Tau, mein Friedensbogen, mein Schoßkindchen, mein liebstes Herz, meine Freude im Leid, meine Wiedergeburt, meine Freiheit, meine Fessel, mein Sabbat, mein Goldkelch, meine Luft, meine Wärme, mein Gedanke, mein teurer Sünder, meine süßeste Sorge, meine schönste Tugend, mein Stolz, mein Beschützer … usw.".

Friedrich erinnerte sich an das Kleist-Buch von Günter Blöcker. Das Beste, was es über Kleist gab. Er hatte es damals für seine Seminararbeit benutzt, aber er erinnerte sich an kein Wort darin mehr, wusste nur, dass es damals das Beste gewesen war. Er besorgte sich das Buch in der Rheinischen Landesbibliothek. Es stand im Magazin, und er brauchte es sich nur abzuholen. Er musste es eigentlich gar nicht ganz durchlesen, denn ein Vorgänger in der Ausleihe hatte die wirklich allerwichtigsten Stellen unterstrichen. Einmal angefangen, las er das Buch aber doch an einem Abend durch.

Die Welt war ganz der subjektiven Wahrheit ausgeliefert. Das wusste er seit seiner Einlieferung ins syrische Gefängnis 235. Die Menschen mordeten, weil sie sich einbildeten, die

anderen seien Mörder. Kleists Worte kamen aus einem anderen
Bereich als dem der Erfahrung und waren weder aus seinem
Leben, noch war sein Leben aus dem Geschriebenen zu erklären. Kleists Fremdheit zur Welt. Er, Friedrich, hatte auch etwas
davon. Vertrauen war ein irrationaler Akt mit konkreten Folge-
rungen. Kleists Figuren waren Puppen am Draht des Schicksals.
Und dann die Kant-Krise. Kant hatte viele Leute ins Unglück
gestürzt, auch Kleist. Man kann die Gedanken der Menschen
in alle möglichen Richtungen zwingen … Und sie dort alleine
lassen. Wenn es die Kritik der reinen Vernunft nicht gegeben
hätte, würden wir auch so weiterleben. Kleist hatte sich in Kant
hineingestürzt und vergessen, dass Kant auch nur die gängigen
sprachlichen Sophismen zur Verfügung standen. Warum hatte
er seine Sprachskepsis nicht hier angewandt? Kleist: Innerste
Aufrichtigkeit und Noblesse! Und dann seine Nähe zum Tod.
Das Unbewusste kennt keinen Tod. Was in der Sprache des
Bewusstseins Tod heißt, bedeutet in der des Unterbewussten
Vereinigung. Vieles, was Kleist über den Tod gesagt hat, ver-
dankt sich auch seiner eigenen soldatischen Abrichtung! – Und
Kohlhaas sagt, dass das Recht möglich sei auch in einer chao-
tischen Welt. – Und das Entrückte, Schlafwandlerische seiner
Menschen!! – Und die Rolle des Gefühls! Friedrich hatte sich
ja, damals noch ziemlich unreif, in seiner Seminararbeit damit
auseinandergesetzt! – Kleists Apotheose des Unbewussten:
Gott, Gliederpuppe und Tier. Gab es wirklich eine überge-
ordnete Intelligenz? Warum sehnten sich die Menschen nach
etwas Höherem? – Kann ich jenseits der Sprache denken oder
sind wir in unserem Begriffssystem gefangen? – Mental, seelisch, erkenntnistheoretisch … Was wir „denken", sind doch nur
Begriffe! – Wusste Kleist das nicht? Bilden Begriffe die Welt
auch nur minimal ab? – Alles, was die Sprachphilosophen darüber gesagt hatten, genügt nicht. – „Die Sprache verkleidet den
Gedanken." – „Die Philosophie ist die Beule, die der Verstand
sich beim Anrennen gegen seine Grenzen geholt hat." Alles

nicht schlecht, aber auch wieder nur metaphorisch! – Hatte am Ende Goethe Recht, dass wir nur allegorisch zu erkennen vermögen. „Unsere rätselhafte Existenz", hatte Charlotte von Stein gesagt. Weiter waren die anderen auch nicht gekommen, und das lag zweihundert Jahre zurück. – Man brauchte solche Erdgeister wie Goethe, um sich zu orientieren. – Schließlich sind wir gefangen in einer Schnecke, die wir Körper nennen. Wahrscheinlich ist unsere ganze sogenannte mentale Erkenntnis körpergeprägt! – Gengeprägt und geprägt durch die frühe Abrichtung, die wir Sozialisation nennen.

3. Liaison dangéreuse

Friedrich wusste, dass sich die syrischen Flüchtlinge gegenseitig Ablöse zahlten, wenn sie von einem Landsmann eine Wohnung übernehmen wollten. Das alles spielte sich ohne Wissen der Vermieter ab. Viele gingen nicht in die Deutschkurse, sondern arbeiteten, um ihren Lebensunterhalt zu finanzieren. Eine Frau mit nur zwei Kindern fühlte sich zurückgesetzt. Die Wohnungen waren schnell zu klein, weil der Mann ein eigenes Zimmer brauchte, um nach der Arbeit Ruhe zu haben. Die Vermieter hatten schnell gemerkt, dass sie sich mit ihren Mietern nicht anlegen durfte. Beim Auszug und der Wohnungsabnahme sahen sie über Manches hinweg. Einige Syrer hatten auch Selbstmord begangen, weil sie nach der langen Flucht hier keine Perspektive mehr sahen, aber auch nicht zurückkonnten.

Friedrich hatte schnell herausbekommen, wo sein Quäler, Abdul Abbas, wohnte. Er lebte in einem zurückgesetzten Haus in einer vielbefahrenen Straße, in dem nur Syrer und ein junger Deutscher lebten, der als Rettungssanitäter bei den Maltesern arbeitete. Das Haus war ein hellgrün gestrichener Bau mit einem schrägen Dach, das erkennen ließ, dass es in den frühen Sechzigern gebaut worden war. Friedrich hatte versucht, hineinzukommen, hatte aber nur das handgeschriebene Namensschild des Abbas an der Haustür gesehen, und als er durch das Erdgeschossfenster spähte, eine typische Sozialwohnung erblickt, deren Wohnzimmer auf den nach hinten liegenden Garten hinausging. Ein dunkelblauer Teppichboden, Holzregale und eine Wohnungstür, quer über zwei Holzblöcke gelegt, dienten als Schreibtisch. Es gelang ihm auch, von der Vorderseite einen Blick in die Küche zu werfen, aber von dem Mann, in dem er Abbas entdeckt zu haben glaubte, war in der Wohnung keine

Spur. – Er brauchte aber nicht lange zu warten, bis der Gesuchte an der Haustür erschien. Ja, er war es, das wusste Friedrich jetzt, gut hinter einer ungeschnittenen Weißdornhecke vor dem Haus vor Blicken geschützt. Alles, was er in diesem Augenblick dachte, war das Wort Rache! – Er schlich noch einmal zum rückwärtigen Fenster und sah im Bad eine junge, aber nicht mehr ganz junge Frau sich schminken und ein Kopftuch anlegen. Abbas war also verheiratet. – Und er, Friedrich, würde alles daran setzen, diese Frau kennenzulernen und sie Abbas abspenstig zu machen.

Aber wie enttäuscht war er von sich selbst, als er, kaum zu Hause in B., Gewissensbisse bekam. Er hatte doch eine Frau, und wäre das, auch angesichts dessen, was geschehen war, nicht zu viel der Rache? Er erinnerte sich an die Erzählung „Der Findling" von Kleist, wo der alte Piachi seinen Peiniger Nicolo „das Hirn an der Wand eingedrückt" hatte und sich dann ohne Absolution hatte hinrichten lassen. – Da fiel ihm ein, dass nicht alle Flüchtlinge ein Abbas waren und dass er unter den Flüchtlingen viele vertrauenswürdige Leute kennengelernt hatte. Der Syrer jedoch hatte ihn auch, schon in der Nacht des Theaterabends wieder erkannt, ohne sich das jedoch anmerken zu lassen oder sich Friedrichs Adresse verschaffen zu können. In ihm war an dem Theaterabend nur kurz aufgeblitzt, dass dies einer von denen gewesen war.

Friedrich fand heraus, dass die Frau, die er durch das Badezimmerfenster gesehen hatte, als Putzhilfe und als eine Art Verkäuferin in einem Einrichtungshaus arbeitete, und es war ganz leicht, ihre Bekanntschaft zu machen. Er gab sich als Kunde aus und verwickelte sie, die ihm eine Wohnzimmergarnitur zeigen wollte, in ein langes Gespräch, an dessen Ende er ihr seine Telefonnummer gab, und sagte, er sei sich noch nicht schlüssig, bat sie, jedoch in einigen Tagen anzurufen, wo er ihr dann seine Entscheidung über den geplanten Kauf mitteilen würde. Die Syrerin, die auf die Provision der wenigen von ihr verkauften

Möbel angewiesen war, überlegte lange, sprach auch darüber nicht mit ihrem Mann, und bei ihrem Anruf sagte Friedrich, er sei immer noch zu keiner Entscheidung gekommen. Man solle bei einem gemeinsamen Abendessen, zu dem er sie einlüde, noch mal über die Angelegenheit sprechen. – Die Frau, die nur syrische Speisen und syrisches Essen gewohnt war, nahm an, und er holte sie an einem Freitagabend in dem Möbelhaus, in dem sie arbeitete, ab. Bei Wiesenlammkeule, Tomaten Provencale, Zuccinigratin und einem Glas Wein, gerieten sie in ein langes Gespräch, und Friedrich fand schnell heraus, dass sie von der Vergangenheit ihres Mannes als Folterer nichts wusste. Kinder hatten sie auch keine, und er merkte, dass ihr ganzes Selbstwertgefühl als Frau unter der Kinderlosigkeit gelitten hatte. – Die Flucht, die zwei Jahre gedauert und über das Mittelmeer und dann über die Balkanroute geführt hatte, hatte Kinder nicht möglich gemacht. Nach dem Essen sagte er, sie sollten noch einen Waldspaziergang auf den Kühgrund oberhalb der Stadt machen, und sie sagte zu. Er fuhr auf den Kühgrund, parkte in einer Waldnische und wandte sich ihr zu. Sie schien von seinem Anliegen nicht überrascht zu sein. Ihr schien es auch Spaß zu machen. Der Wagen hatte Liegesitze. Also langsam die Sitze herunterkurbeln, die Scheibe beschlug von innen. Das war gut, denn hier auf dem Waldparkplatz am Kühgrund gingen auch nachts noch Unentwegte spazieren. So ein versteckt geparktes Auto regte auf, zumal es einen Deutschen und eine mit fünfunddreißig noch relativ junge Syrerin barg. – Was wollte sie von ihm? – Warum machte sie mit? – Sie war doch verheiratet!

Im Radio lief leise Bumbum-Musik von RPR. – Das Autoradio sprang um, und sie hörten jetzt den SWR, Jazz. Sag' nur nichts, dachte er, die Geräusche draußen kamen vom Wind. Jetzt kam aus dem Autoradio ein Jazz Crecendo: Peter Herbolzheimer mit seiner Bigband. – Für Verzicht war es jetzt zu spät. Der Vollmond dämmerte schwach hinter den Wolken. – Er fuhr

sie nach Hause, und kaum war sie aus der Autotür, da war er
vollkommen allein.

Zurück zu seinem Haus in B. über die B 42. Vor dem Zubett-
gehen noch eine Schlaftablette, Lethe, der Trank des Vergessens.
In der Nacht träumte er, er sei wieder in Syrien, in Damaskus
im Lager 235. Einer der Folterer machte ihm Vorwürfe, auch
sein jüngerer Bruder war dort mit ihm gefangen. Ihn überkam
Mitleid mit seinem Bruder, und er sagte zu dem Folterer: „Sie
sind ein Miststück, geben Sie mir den Schlüssel." – Während er
dies träumte, wachte er auf. – Er dachte darüber nach, dass er
ja seine Rache gehabt habe, aber das war ihm nicht genug. Er
legte es auch gar nicht darauf an, den Syrer Abbas von seiner
Tat wissen zu lassen, und wartete einfach ein paar Wochen ab. –
Die Frau aber, die sich ihm in dieser Situation hingegeben hatte,
bekam Gewissensbisse, schließlich war sie mit Abbas verheiratet, und erzählte ihrem Mann alles. Der heckte zusammen mit
zwei Freunden den perfiden Plan aus, Friedrich unauffällig zur
Seite zu bringen. Sie beschlossen, dass Leyla, so hieß die Frau,
sich noch einmal mit Friedrich treffen sollte, um ihm Gift ins
Essen zu mischen. Abbas kannte eine Substanz, mit der man in
Syrien Gegner des Regimes unauffällig zu Tode gebracht hatte.
Das Gift war aber schon zu alt und wirkte nicht mehr. Und
so wartete Leyla, zum zweiten Mal anwesend, vergebens auf
Friedrichs Tod. – Friedrich aber war, durch einen unbestimm-
ten Geschmack im Essen, argwöhnisch geworden und ahnte,
was sich hinter seinem Rücken abgespielt hatte. Er tat so, als sei
nichts geschehen, fuhr Leyla wieder nach Hause und legte sich
zu seiner Frau ins Bett. In der Nacht träumte er, er habe eine
neue Wohnung, zwei große Räume, mit unregelmäßig aufge-
wölbtem Teppichboden ausgeschlagen. Eine Autobahn führte
direkt an der Wohnung vorbei. Plötzlich war der Vermieter da
und wollte sofort das Stromgeld kassieren. Es kam zum Streit
und zu einer Schlägerei. Friedrich wachte sofort nach dem
Traum auf, ging hinunter in die Küche und trank ein Glas kaltes

Wasser aus dem Hahn. Erst jetzt kam ihm zum Bewusstsein, welcher Gefahr er entgangen war und wie zuverlässig er sich auf seine Ahnungen verlassen konnte. Seine beiden Feinde lebten weiter, und er wusste, dass er ihnen ausgesetzt war. Sie würden sich etwas Neues ausdenken.

4. Vertrauensdilemma und die Idee der Gerechtigkeit

Friedrichs Gattin Elise war eine Frau, die sich alles bewusst machte und die auch das Irrationale rational zu nehmen wusste. Sie war so scharfsinnig, dass sie ihrem Mann anmerkte, was ihn bewegte und war so klug, am nächsten Morgen mit ihm darüber zu sprechen. Elise Waldenfels ließ ihren Mann wissen, dass sie bedaure, Leute, die eigentlich ihres Schutzes bedürften, gegen sich zu haben. Den Fehltritt hatte sie ihm, wie sie sagte, schnell verziehen, da er betrunken gewesen sei. Was wäre gewesen, wenn er in eine Polizeikontrolle geraten wäre? – Friedrich fuhr also in die Straße, wo Abbas wohnte und brachte seine Entschuldigung vor. Die syrischen Flüchtlinge wussten, dass sie keine Möglichkeiten hatten, sich legal zu rächen und heuchelten Gleichgültigkeit: Ja, man habe im Familienrat bereits über die Sache gesprochen, die Angelegenheit sei von vorn und hinten diskutiert worden, sogar einen Schariarichter habe man hinzugezogen. Der habe gesagt, Allah habe gewusst, warum der Islam Alkohol verbiete und wie dergleichen Nachtgespenster sich unter seinem Einfluss ausbreiten könnten. Für ihn, Abbas, sei die Sache erledigt, und er bitte Friedrich jetzt zu gehen, seine Frau wolle auch keinen Kontakt mehr mit ihm.

Friedrich Waldenfels beschloss, noch einmal zu seinem Kleist, der ihn im syrischen Gefängnis das Überleben gesichert hatte, zurückzugehen. Er las noch einmal den „Kohlhaas", „Die Marquise von O ..." und „Die Verlobung in St. Domingo" und freute sich über den „meisterlichen Künder der monomanischen Zufallsopfer, der Ekstatiker und der Besessenen". So jedenfalls hatte Friedrich Gundolf in seiner Monographie über Kleist geschrieben. Besonders die „Verlobung in St. Domingo" machte ihn nachdenklich, denn wer sagte ihm, dass Leyla nicht ähnliche Rachegedanken hegten wie die alte Babekan in Kleists Novelle. – Kleist hatte die Intrige, die ihm sicher während des Schreibens eingefallen war, so vorsichtig geführt, dass dem Leser erst am Schluss klar wurde, in welch grässliches Ende die Umstände und das Vertrauensdilemma zwischen Gustav und Toni führen. Das erkennende Gefühl, das dem Menschen mitgegeben ist, versagt umso mehr, je undurchschaubarer die Umstände werden. – Dieser Zwiespalt konnte nur überwunden werden, wenn wir lernten, uns von den Bewusstseinsfesseln zu befreien. Erkennend sich selbst überschreitend. – Aber in der Novelle waren die Umstände, auch die Bürgerkriegswirren auf der Insel Haiti, wo die Erzählung spielt, zu stark, als dass die Überschreitung hätte gelingen können. Friedrich Waldenfels fühlte sich nach allem, was geschehen war, nicht im Einklang mit sich selbst. Seine Frau, die Syrerin und deren Mann hatten ihm, wenn man ihren Worten glauben wollte, verziehen. Aber dennoch regte sich in Friedrich ein seltsames Gefühl der Unzufriedenheit und der Missfälligkeit.

Durch diesen, wie er glaubte, vorläufigen Burgfrieden mit sich selbst und seiner Frau im Reinen, blieb aber doch der Gedanke in seinem Inneren, dass dieser Abbas nicht ungestraft davonkommen dürfe. Dessen Kaltherzigkeit beim Anblick der gequälten Menschen hinderte ihn daran, die Faust in der Tasche zu ballen. Und er begann Pläne zu schmieden. Er wollte diese Begegnung mitten in der großen Weltverwirrung nicht hinnehmen wie das Schicksal. Aber er wollte auch kein zweiter Kohlhaas werden. Rache auf eigene Faust erschien ihm nicht sinnvoll genug. Aber was hatte er sonst für Möglichkeiten? – Für ihn stand mehr auf dem Spiel als die zwei Gäule, wegen denen Kohlhaas seine Fehde mit dem Staat begonnen hatte. Er musste auch nicht befürchten, wie Kohlhaas, jeden Augenblick ins Chaos zu stürzen. Er wollte seine persönliche Integrität ins

Trockne bringen und doch etwas gegen seinen früheren Quäler tun. – Gerechtigkeit! – Er erinnerte sich an seinen Philosophieprofessor während seines Germanistikstudiums in Bonn, der trotz Emeritierung, noch Vorlesungen hielt und Prüfungen abnahm. Er hatte im Internet gelesen, dass dieser erst ein paar Chemiefabriken geleitet hatte und sich schließlich in Philosophie habilitiert hatte. Er hatte im Hörsaal I der Bonner Universität hinter dem Holzkatheder gestanden und, fast flüsternd, darauf aufmerksam gemacht, dass Platon nicht die gerechten Handlungen, sondern die Idee der Gerechtigkeit interessierte und für richtig hielt. – Idee der Gerechtigkeit, man fand sie in allen Köpfen, und offenbar wusste jeder, was damit gemeint war. Er hatte im Fernsehen einfache Menschen gesehen, die in die Reporterkamera hinein sagten: „Das ist nicht gerecht!" – Offenbar trugen sie alle eine Vorstellung von der Idee der Gerechtigkeit in sich herum, und jeder, auch der Fernsehreporter, wusste, was damit gemeint war. Dieser apoplektische Mann, mit dem kleinen weißen Haarkamm auf dem Kopf, hatte ihm diese Tatsache klargemacht. Und er hatte, vor allem dank der starken Grundüberzeugung, die dieser alte Professor ausstrahlte, dessen Worte nie vergessen. Auch in seiner Zeit als Journalist in Afghanistan, Irak und in Syrien hatte er versucht, nach Platons Maxime zu leben und zu schreiben. Er wusste heute warum! Die Aufsätze des Professors über Kants Ontologie der Zahl und Wilhelm von Ockham waren brillant gewesen, aber er ging für Friedrich manchmal zu kurze gedankliche Wege. Dafür schrieb er einen klaren, verständlichen Stil, und Friedrich hatte versucht, sich dem in seinen journalistischen Arbeiten anzunähern. Dies hatten ihm manche Machthaber, in deren Terrain er gearbeitet hatte, übel genommen. In Syrien so übel, dass er ins Gefängnis gewandert war. Zwei Jahre hatte er in der Abteilung zweihundertfünfunddreißig verbracht, und er hatte davon nichts gehabt als Verhöre, Folter, Todesangst und in der Zelle die Wiederbegegnung mit Kleist. Kleist! – Gundolf nannte ihn

„einen friedlosen, unbefriedigten Geist. Männisches im Weib und Weibisches im Mann!" – Kleist hatte auch ein bisschen von Friedrich selbst, obwohl er selbst jetzt, im Alter, näher an Goethe herangerückt war. So groß war aber der Gegensatz zwischen den beiden, Kleist und Goethe, nicht. Kleists Psychologie arbeitete mehr im Verborgenen, während Goethe seine Erkenntnisse ziemlich selbstbewusst herausließ oder sie seinen Romanfiguren unterschob. – Goethe sah in Kleists Unzeitgemäßheit „das große Zeichen seines Unmaßes und Abermaßes überhaupt", schrieb Gundolf. Aber Gundolf selbst widerlegt diesen goethischen Gedanken mit dem Hinweis auf Kleists unleugbare Zeitgemäßheit bei der Nachwelt. Die meisten Menschen, besonders die Leute, die Friedrich während seines Studiums getroffen hatte, standen dem Phänomen Kleist hilflos gegenüber. Die romantischen Zeitgenossen seines Umfeldes jedenfalls konnten mit Kleists Ende, wie sie es verstanden hatten, mehr anfangen als mit seinem Werk. „Ich mag es nicht", hatte Rahel Varnhagen geschrieben, „dass die Unglückseligen, die Menschen, bis auf den Hefen leiden."

Auch er, Friedrich, hatte in Syrien „bis auf den Hefen" gelitten, und die kaum begreiflichen Tiefen des Todes waren auch an ihm vorbeigezogen. Aber er war, ohne sein Dazutun, plötzlich freigelassen worden und hatte mit fünfundfünfzig in der kleinen rheinischen Stadt noch einmal, zusammen mit seiner Frau, ein neues Leben beginnen dürfen. Jetzt aber war ihm mit Abbas seine Vergangenheit in Syrien wieder in die Quere gekommen, und er erinnerte sich an die Geschichte des syrischen Krieges, eine der größten humanitären Katastrophen seit 1945. Er war, zusammen mit der Bevölkerung im Stellungskrieg zwischen Assads Armee und dem IS gefangen gewesen. Es hatte ihm damals geschienen, als verlaufe die Zeit nicht mehr linear. Er fühlte sich ins Mittelalter zurückversetzt. – In der Tagesschau wurde fast täglich über die Flüchtlinge berichtet, dazu die Meinung der Politiker unterschiedlichster Couleur. Waren die Syrer keine Menschen? – Und der, der ihn gequält hatte? Hatte der das etwa freiwillig getan? – Er musste wieder an Kleist denken, der in der Abgeschiedenheit seiner vulkanischen Seele das Ganze finden wollte. Wenn die Tatsachen stark genug waren, kamen die Argumente von selbst. Aber Argumente oder gar Sprache waren für Kleist nichts. Seine Figuren bewegten sich jenseits der Sprache, und äußerste Zeichen von Ergriffenheit waren Ohnmacht, Erblassen, fleckiges Erröten, das Verstummen und das Stammeln. Mehr war ihm, Friedrich, in Syrien auch nicht eingefallen. Und in den Verhören hatte er sein ganzes Sprachvertrauen verloren. Was man damals von ihm gewollt hatte, waren einfache, in die elementarste sprachliche Form gepresste Geständnisse. Und ob man gestand oder nicht gestand. Die Folter drohte immer.

5. Vorbild Kohlhaas?

Kleist war auch Journalist gewesen. Er hatte zusammen mit seinem Freund Adam Müller in Berlin den Phoebus gegründet, ein Journal für die Kunst. In der Gesellschaft ließ man Subskripstionslisten zirkulieren, und allein in Dresden hatten sich fünfzig Abonnenten gefunden. Der Politik gegenüber wollte man gleichgültig sein. Das erste Heft erschien Ende Juni 1808 mit der Silhouette von Dresden auf der Titelseite. Es enthielt Gedichte, Dramenszenen und kurze redaktionelle Aufsätze über Kunst und Tagesthemen. Die Zeitschrift florierte zunächst, aber Goethe, Wieland und Jean Paul taten nicht mit. Heute würde einem solchen Blatt das Gleiche passieren, dachte Friedrich. Am 1. Oktober 1810 versuchte sich Kleist wieder mit einer Zeitung, den Berliner Abendblättern, eine Art Bild-Zeitung für alle Stände. Ein Sensationsblatt für die Boulevards. Das kleine Format und das tägliche Erscheinen zur Abendzeit erregten Aufsehen. Aber als Kleists Freund, der Berliner Polizeipräsident Gruner, weg war, fielen auch die Polizeiberichte über Mord und Verbrechen weg, die die Auflage gesteigert hatten. Kleist hatte sich damals als richtiger Boulevardjournalist erwiesen. Friedrich hatte ja auch nicht nur für die Frankfurter Allgemeine Zeitung und DIE ZEIT online geschrieben, sondern für alle möglichen Gazetten und Radiosender. So war das mit dem Journalismus. Wegen der Berichterstattung vom Spanischen Bürgerkrieg kamen die ersten Beanstandungen von den Behörden zu Kleist, und Friedrich wusste, dass auch das, was er selbst damals geschrieben hatte, den Politikern mancher Couleur nicht gefallen hatte. – Kleist musste aus auswärtigen Berichten übernehmen, und damit ging die lokale Aktualität verloren. Friedrich hatte sich um die lokale Aktualität nie gekümmert.

Er war dahingegangen, wo Unrecht herrschte und hatte darüber berichtet, immer an vorderster Front. Zwei Jahre war das in Nahost gutgegangen, dann hatten ihn seine Feinde erwischt. Er erinnerte sich daran, was sie in der Gefangenschaft alles hatten wissen wollen und was er ihnen erzählt hatte. Wer waren seine Hintermänner? – Wer bezahlte ihn? – Warum betrieb er diesen Beruf, bei dem doch nichts anderes herauskommen konnte als Elend? Friedrich dachte, dass seine Rache nur aufgeschoben, nicht aufgehoben wäre. Sollte er zum Kohlhaas werden? – Für Kohlhaas stand einfach fest, dass er sich, nach dem Rechtsbruch gegen ihn, an Tronka, ganz Kurbrandenburg und Sachsen rächen würde. Aber er, Friedrich, war kein solcher Rigorist. Er war christlich aufgewachsen und hatte gelernt, abzuwägen und zu verzeihen. Hätte man das nicht auch von Kohlhaas verlangen können? – Friedrichs Leiden und seine Traumatisierung würden durch Rache nicht ausgelöscht, und so intensiv er diesen Gedanken verfolgte, blieb ihm doch, nach allem Hin und Her, ein starkes inneres Bedürfnis nach Rache. Sein Professor hatte eine ganze Seminarstunde über den Sinn der Rache verbracht. Er hatte damals das Beispiel eines Autors gebracht, der eine ungerechte Buchbesprechung von seinem besten Freund erfahren hatte. Aber Friedrich fand den Fall zu lächerlich, um sich damit zu beschäftigen. Vom christlich-metaphysischen Standpunkt aus war Kohlhaas' Unternehmung natürlich verdammenswürdig. Aber von seinem, Friedrichs, Standpunkt aus, war das Ich des Helden die letzte sinngebende Instanz. Eine Ahnung davon trug Friedrich in sich selbst. Auch er fühlte sich in seiner Würde bedroht. Irgendwo war in jedem Menschen eine Instanz, die sich auflehnen musste. Manchmal gegen etwas, das man sich nicht herbeiwünschte. Die Idee der Gerechtigkeit fiel ihm wieder ein, und er stellte fest, dass er in Syrien in seiner ganzen Existenz als Mensch bedroht und verneint worden war. Er war, wie Kohlhaas, der Bosheit und Willkür preisgegeben worden. Das allgemeine Menschenrecht auf Würde war ihm abgesprochen worden. Kohlhaas handelte erst, als sich die letzte, die allerletzte Tür vor ihm verschloss und er von allen Seiten bedroht, beschimpft und abgewiesen worden war. Er, Friedrich, konnte jetzt, durch einen glücklichen Zufall, weiterleben. Aber ein anderer Zufall hatte seinen Peiniger vor sein Gesicht gebracht. Er war nicht mehr rechtlos und ungeschützter als ein Tier. Und er hatte genug Ideen im Kopf. Kohlhaas kämpfte, wie Friedrich, gegen das sich offenbarende Böse! – So wie es Kohlhaas durch die Brust zuckte, „mitten durch den Schmerz die Welt in einer so ungeheuren Unordnung zu erblicken", so standen vor Friedrich die Bilder dieses Schreckenshauses, das er zwei Jahre lang unfreiwillig bewohnt hatte. – Den Umschwung in Kohlhaas' Rachegedanken bewirkt das Gespräch mit Luther, der für Friedrich, dank seiner protestantischen Erziehung, ein ebensolches Vorbild geworden war. Friedrich hatte den klugen und cholerischen Mann immer bewundert, obwohl er schon seit langem kein gläubiger Christ mehr war, sondern ein bloßer Protestant. Es genügte ein einziges Wort Luthers, um Kohlhaas „in der ganzen Verderblichkeit, in der er dastand, zu entwaffnen ...". – Was Friedrich empörte, war, dass Kohlhaas' Vertrauen zu seinem Landesherrn nicht erschüttert war. Aber er hatte in der Haft Syrer kennengelernt, denen es genauso gegangen war. Die Hüter der heiligen Ordnung konnten einfach nicht fehlen. Und in Syrien waren Mord und Gewalttat nicht von Einzelnen ausgegangen, sondern vom Landesherrn. Der Einzelne hatte in Kleists Novelle mit nie bereuter Notwendigkeit gehandelt. Kohlhaas kämpfte gegen die Obrigkeit, weil sie ihn der Willkür und dem Bösen preisgab. – Dieses Böse wohnte jetzt zehn Kilometer von Friedrich entfernt. – Er würde diesem auch gern sein Menschenrecht nehmen und ihn zum Tier herabstoßen. Aber er wusste sich, anders als Kohlhaas, nicht einig mit dem Willen Gottes, denn den Glauben an eine geordnete Welt, dazu noch göttlich geleitet, hatte Friedrich längst verloren. – Vergebung? – Für Kleist gab es nichts Seligeres. – Für Kohlhaas nicht. Hätte

Kohlhaas einseitig vergeben, so wäre er, nach Kleist, an der Welt und auch an Gott (so wie Kleist ihn sah) schuldig geworden. Er, Friedrich, würde nochmal einen zweiten Racheanlauf nehmen und die Gerechtigkeit suchen, die Kohlhaas sich selbst und dem Staat zugestanden hatte. Er würde seinen Beruf als Journalist einsetzen, um des wie und warum auch immer geflüchteten Abbas habhaft zu werden.

Inzwischen herrschte in der Familie von Abbas die lebhafteste Unruhe. Der fremde Deutsche, der ihm, Abbas, einmal hilflos ausgeliefert gewesen war, machte sich auf, sich seine Rache an dem zurückzuholen, der ihn damals gedemütigt hatte. Abbas wusste, dass die Affäre des Fremden mit seiner Frau kein Zufall gewesen war, setzte sich mit ihr und seiner Familie zusammen und beriet, wie man künftig weiter vorgehen wolle. Seine Frau riet ihm, die Sache auf sich beruhen zu lassen. Abbas hatte in Syrien vier Frauen gehabt, und er solle imaginieren, Friedrich sei Leyla für kurze Zeit anverlobt gewesen. Der Grauburgunder habe ein Übriges getan, und für sie sei die ganze Sache, so schmerzlich sie auch für ihn sein möge, vergessen. Abbas aber wusste, was er den Deutschen und den übrigen Gefangenen, die zum Teil nicht mehr lebten, angetan hatte, und eine innere Stimme sagte ihm, dieser Fremde, der sich Friedrich nannte, werde nicht ruhen, bis er seine Rache vollzogen oder ihn vor das Internationale Strafgericht in Den Haag gebracht habe. Die Frau wollte sich mit dem Richterspruch ihres Mannes nicht zufrieden geben. Sie war in Damaskus Geschäftsfrau gewesen und dachte im Leben taktisch und kleinschrittig. Was nun kam, klingt wie aus einer Kleist-Novelle abgeschrieben.

6. Eine Aussprache und ein neuer Schluss

Die Affäre im Kühgrund hatte ihr Spaß gemacht, und sie sann darüber nach, wie man sie wiederholen könne. Ihr Mann war jetzt fünfzig, sie fünfunddreißig. Ja sie glaubte sogar, sie habe sich ein wenig in Friedrich verliebt. Also schrieb sie ihm einen Brief, den dessen Frau zufällig empfing und für Friedrich öffnete. Sie konfrontierte ihren Mann mit dem Schreiben, weit ausholend, ohne ihre Voraussicht habe er alles nicht überstanden. Friedrich stimmte Elise scheinbar zu, aber in einem zweiten Brief schrieb Leyla, sie sei in der Nacht im Kühgrund wahrscheinlich schwanger geworden. Von Friedrich, das wisse sie ganz genau. Friedrich wusste, dass das nicht möglich war. Er musste an Kleist's „Marquise von O …" denken, die unwissentlich empfangen hatte und dann den unbekannten Vater per Zeitungsannonce gesucht hatte. Vielleicht hatte Leyla ja auch diese in der innersten Tiefe ihres Wesens geheimnisvolle, unendliche Kraft ihrer selbst. Er ging davon aus, dass ihre Behauptung stimmte. Oder war es ein abgefeimter Plan, den sie, zusammen mit ihrem Mann, ausgedacht hatte? – Nein, der Brief war unbegreifliche Tatsächlichkeit. – Er hatte sich mit seinem Racheversuch in eine ausweglose Situation gebracht, in der ihm eigentlich nur Verzweiflung oder Wahnsinn übrigblieb. Warum hatte sie sich ihm überhaupt offenbart? – Ein Kind in ihrer Familie unterstützte doch ihr Selbstbewusstsein als Frau. Mutterschaft war für eine arabische Frau das höchste Glück, die erfüllte irdische Bestimmung! – Er beschloss, auf diesen zweiten Brief, den seine Frau nicht mitbekommen hatte, gar nicht zu antworten und den Kontakt zu ihr nicht wieder aufzunehmen.

– Aber zu Abbas wollte er den Kontakt aufnehmen. Er fuhr zu ihm, während seine Frau in dem Möbelgeschäft arbeitete, und konfrontierte Abbas noch einmal mit dem, was er über ihn wusste. Abbas knirschte mit den Zähnen. Aber bald saßen sich die beiden Männer in zwei abgenutzten Sesselchen gegenüber und tranken süßen Tee aus kleinen Schalen. – Es herrschte Krieg, sagte Abbas, als Friedrich ihn auf die Folterungen ansprach. – Im Krieg mit dem eigenen Volk? fragte Friedrich. Der Umstand rührt mich nicht! Du hast alles, was es zwischen Menschen an Übereinkunft geben kann, gebrochen. Von Vertrauen gar nicht zu reden. – Ich habe Elektrotechnik studiert, erwiderte Abbas, führte ein ruhiges Leben in Homs, wurde auch zum Widerstand gezählt, weil ich keine Lobpreisungen von mir gab. Da blieb mir nichts anderes übrig, als mich von der anderen Seite vereinnahmen zu lassen, zumal es Gewalt gab. Ich verlor als Gefängnisaufseher eine Hemmung nach der anderen, und je tiefer man da hineingerät, desto lebloser wird das Innere. Möge Allah mir verzeihen und die Engel nicht mein Grablied singen. – Dafür werde ich nicht sorgen, dachte Friedrich, laut sagte er: Wäre ich nicht gefoltert worden, hätte ich so nicht gehandelt. Verzeihen kann ich dir nicht. Im Gefängnis hatten sich auch alle geduzt. Am liebsten wäre es mir, eine Kugel würde dir das Grablied singen. Laut Kriegsrecht wärest du auch verloren, und nach dem Völkerrecht und den allgemeinen Menschenrechten auch, sprach Friedrich, indem er eine Hand in seine Jackentasche schob. – Abbas sagte, er sei bei den Oberen in Verruf geraten, weil man ihm vorgeworfen habe, mit einigen Gefangenen gemeinsame Sache zu machen. Er öffnete sein Hemd, weil er dachte, Friedrich würde eine Pistole ziehen und sagte: Ich öffne dir die eigene Brust, erschieß mich nur. – Ich habe gar keine Waffe, sagte Friedrich, habe auch nicht vor, dir etwas anzutun. Vielleicht wäre ich unter den Umständen genauso geworden wie du! – Damit erhob er sich und verließ erhobenen Hauptes das Syrer-Haus.

Zu Hause bei seiner Frau übersann er, was ihm in den letzten Wochen zugestoßen war, und bat seine Frau, eine Flasche
Rotwein zu öffnen. Dann erzählte er ihr, wie sie in Syrien vor
zwei Jahren zu ihm nach Hause gekommen waren. Drei oder
vier Männer, die ihm eine Augenbinde umlegten und die ihn zu
einem Verbindungsoffizier brachten. Er hatte die Entfernung
zu dem Büro nicht abschätzen können, denn das Auto drehte
unzählige Runden, bevor es anhielt. Er war gegen seinen Willen
in die Blindheit eingetreten. Er hatte alle seine Konzentration
verloren und wurde in eine überbelegte Zelle gesteckt. Er hatte
sich vorgestellt, er sei ein Mensch aus Pappe, an diesem Ort, wo
man verflucht und bespuckt wurde. Man befragte ihn nach seinen Eltern, seinen Großeltern, seinem Vater, der wie alle seiner
Generation im Zweiten Weltkrieg für Hitler gekämpft hatte, seinen Arbeitgebern bei der Frankfurter Allgemeinen Zeitung und
DIE ZEIT online und nach Beziehungen zur deutschen Politik.
– Er hatte gedacht, dass ihm Ehrlichkeit hier am meisten nütze
und hatte alle Fragen, soweit es ihm möglich war, beantwortet,
denn er wusste, dass seine Unschuld seine Stärke war. Als sie
nichts aus ihm herausbekamen, denn es war nichts in ihm, hatte
er die Folter zu überstehen. Schon allein seine Verhöre und all
die schrecklichen Maßnahmen danach schrien nach Gerechtigkeit. Nach der Idee der Gerechtigkeit! Was war sie eigentlich,
die Idee der Gerechtigkeit? Die Hauptgegenargumente gegen
diese Idee hatte sein Philosophieprofessor damals, fast flüsternd,
vom Katheder herabgeraunt. Es waren die sogenannte Zwei-
weltentheorie (es gab dann eine Welt der Dinge und eine der
Ideen), die eleatische Disjunktion (der Seinsbegriff wurde nur
den Ideen zugesprochen) oder das Sein der Ideen und das der
Sinnendinge war von verschiedenartiger Bedeutung. – Es waren
eigentlich Begriffsklitterungen, aber die Ideenlehre, so wie sie
Friedrich und die Menschen im Fernsehen verstanden hatten,
ließ sich dadurch nicht aufweichen. Sein eigener Vater, der drei
Jahre in russischer Kriegsgefangenschaft gewesen war, hatte

in einem Brief gegen die Minderung seines Lastenausgleichs argumentiert: „Ich finde das ungerecht!" – Konnte man an die Ideenlehre überhaupt mit dem Verstand herangehen? Etwas, das so überweltlich war? – Die Ideenlehre, so tief im Menschen verwurzelt, war eigentlich unangreifbar. – Die Gegenargumente, die sein Professor vom Katheder herab vorgetragen hatte, waren echte, nicht auflösbare Antinomien. Aber was passierte, wenn man eine Idee mit Gewalt durchsetzen wollte, wusste er auch.

Friedrichs Frau hatte ihn nicht unterbrochen, sondern die ganze Zeit über geschwiegen. Jetzt sagte sie: Ich bewunde-re die Art und Weise, wie du diese Sache hinter dich gebracht und dich daraus herausgezogen hast. – Du bist fünfundfünfzig, ich bin fünfzig! – Wir fangen ein neues Leben an. Friedrich dachte, wenn es in syrischer Gefangenschaft keine englische Kleist-Übersetzung gegeben hätte, hätte er sich gar nicht so sehr mit Kleist beschäftigt, der so gut zu seinem damaligen Leben gepasst hatte. Sein Ich war der letzte unbedingte Grund sei-ner Existenz, das hatte ihm geholfen zu überleben. Er hatte in der Gefängnisrealität seine absolute Individualität erfahren, und in der Zelle hatte er ein ganz anderes Verhältnis zum Du sei-ner Mitgefangenen entwickelt. Das war die Vorbedingung zum Erhalt seiner Würde gewesen, die ihm die Folterer nicht hatten nehmen können. Das mystische Grauen, das ihn damals immer wieder überfallen hatte, war verschwunden. Dazu ein ganz neuer Wirklichkeitsernst und das unbedingte Vertrauen zu seiner Frau Elise. Die Unwirklichkeit seines Daseins in der Hölle war ver-schwunden und die Tragödie des der Dingwelt unterworfenen Menschen auch.

Ilmenau

Erzählung

*Sie ließ die Kerze auf dem Tisch stehen, damit sie die rechte
Hand mit der Linken stützen konnte, und eilte leise zum Bett.
Anthony Trollope, Weihnachten auf Thomson Hall*

1. Der Auftrag

Es fragt sich, ob es so gewesen ist. Ich habe mir die Geschichte aber nicht nur ausgedacht.

G. war Mitte des Jahres 1776 schon fast ein halbes Jahr mit Ch. von St. zusammen. Ihr Mann Josias hatte diesem „Flirt", wie er es nannte, bisher halbherzig zugeschaut. Am Donnerstag, dem 18. Juli 1776 wurde G. vom Herzog nach Ilmenau, fünfzig Kilometer südlich von Weimar, beordert, um „das alte Bergwerk wieder in Bewegung zu setzen". – Er fuhr zwei Tage später mit dem Herzog zusammen in den Schacht ein. Sie inspizierten, fanden aber nichts als Verfall. An Frau von St. schrieb er: „Zwischen Felsen wuchsen hier / diese Blumen." Er besuchte die Höhle unter dem Hermannstein und den Kickelhahn, den hohen Berg in Thüringen, von dem aus man eine weite Aussicht hatte. Seinem Freund Merck teilte er mit: „Wir halten zusammen und gehen unseren eigenen Weg, stoßen so freilich alle Schlimmen, Mittelmäßigen und Guten für'n Kopf ....". – Er ging mit dem Herzog auf die Jagd und schoss einen Hirsch. Aus Meiningen kündigte Frau von St. ihr Kommen an. Sie war einen guten Monat in Pyrmont zur Kur gewesen und hatte schon vor einigen Jahren mit dem dortigen Bade- und Modearzt Johann Georg Zimmermann Freundschaft geschlossen. Am 5. August 1776 war sie da.

So stelle ich mir die Begegnung Steins mit seinen Pferdeknechten vor. Ich habe deren Sprache ganz leicht nach Schillers Räubern gebildet. Steins Brief am Ende des Kapitels findet sich in Sigrid Damms Lenz-Biographie.

Weimar Anfang August 1776. Es war ein eingeschossiger Bau in der Scherfgasse, hier wohnte Josias von St. mit seiner Frau Ch. elf Jahre lang. Nächstes Jahr würden sie umziehen, gleich neben den Weimarer Park. Es war eine gemischte Gesellschaft von vier Leuten, die sich bei ihm im Erdgeschoss versammelt hatte.

„Meine Frau kommt aus dem Bad zurück nach Weimar. Prüft, ob sich G., der Frankfurter Kuckuck, wieder in fremde Nester setzt!" sagte St. – „Tröste dich Alter", sagte einer der drei Lumpen, die St. gegenüber saßen. „Der Weg ist ihm verrammelt, wie der Himmel der Hölle." – „Nur einen Denkzettel", sagte St., „ich habe Rechte! Und wenn ich sie nicht anders geltend machen kann als so! Ihr habt die Vollmacht, sollt ihn aber nur angreifen und erschrecken. Anspruch ist Anspruch, und meine Frau gehört mir." – „Das ist lobenswürdig", sagte ein Zweiter. „Sieben Kinder, drei Söhne sind mir geblieben, das wird der andere mir nie nachmachen, denn er ist ein Karrierist. Ihr erwischt ihn am Theaterplatz, wenn er durch die Scherfgasse zu seiner Wohnung will." – „Alles wie du willst, Herr, es wird kein Leichenpomp veranstaltet werden, aber erinnern wird er sich daran." – „Sie ist am 5. August wieder hier", sagte St., „passt ihn irgendwann Anfang des Monats ab, gerade wenn er von ihr kommt." – Die drei sagten einstimmig: „Es wird geschehen", und schlichen sich hinaus. Sie waren ihm verpflichtet, und ein Zubrot konnten sie immer gebrauchen. Sie verabredeten sich auf den 5. August 1776, da würde G. sehen, auf was er sich eingelassen hatte. – St. aber setzte sich Anfang September 1776 in seine Stube und schrieb: „Es ist ganz besonders, meine liebe Beste, wie ich dich liebe. Ich sehne mich so sehr nach dir, dass ich mir immer vorstelle: Wenn ich nach Kochberg ginge, wenn der Hof nicht gestern Abend angekommen wäre und morgen Dürkheim erwartet würde, mit welchem ich nach Leipzig zu gehen gedenke, so wäre ich heute zu meinem Liebigen gekommen. Ach, gute Frau, es ist doch gar hübsch, dein Mann zu sein, wenn man von dir geliebt wird." G. würde das zu spüren bekommen, wenn er bei ihrer Rückkunft aus Pyrmont noch weiter um sie herumscharwenzeln würde. Hatte er nicht das Recht, seine Ehe auf diese Art zu verteidigen?

2. Die Begegnung

Die folgende Passage orientiert sich an Gedichten Goethes, am Werther 2. Fassung, in die Goethe die Beziehung zu Frau von Stein eingearbeitet hat, an seinen Briefen an Charlotte von Stein aus dieser Zeit und an einer Passage aus den Geschwistern, in die Goethe einen Brief von Charlotte von Stein übernommen hat. Ch. besucht hier Goethe und nicht umgekehrt.

Sie war aus dem im Weserbergland gelegenen Kurbad Pyrmont mit der Kutsche gekommen. Es war eine lange Reise gewesen, durch hannoversches und brandenburgisches Gebiet, durch kursächsische Gebiete, hinüber in das Herzogtum Sachsen-Weimar. Es war nur ein kleiner Umweg auf der Route nach Weimar, denn Ilmenau lag nur ungefähr vierzig Meilen südlich der Residenzstadt, die sie für ein paar Wochen verlassen hatte, um sich in Pyrmont von ihren sieben schweren Geburten zu erholen. Sie ließ die Kutsche in der Remise des Posthauses abstellen, ließ sich ihr Zimmer zeigen und zog sich um. Die Unterkleidung, das Fischbeinkorsett, ein weißes Kleid, rosa Schuhe und einen rosa Schleier. Zum Amtshaus, wo G. residierte, war es nicht weit, und sie ging das Stück zu Fuß. Ihr zahmes Vögelchen flog auf ihre Schulter und machte den ganzen Weg mit. Das breite, zweigeschossige Gebäude mit Mansarden und einem spitzdachigen Vorbau, einer Art Erker, genau in der Mitte des Hauses. An der Fassade waren die Hoheitszeichen der einstigen Herren von Ilmenau sichtbar, und den Giebel schmückte das Wappen der Grafschaft Henneberg. Die Einwohner nannten das Amtshaus wegen seiner stolzen Erscheinung „das Schloss". Direkt am Marktplatz gelegen. Es war wirklich repräsentativ, wie es, rosa gestrichen, im Abendlicht glänzte. In der Fensterscheibe links und rechts des Vorbaus spiegelte sich die untergehende Sonne.

Die Bäumchen davor verdeckten ihr zur Hälfte die Sicht. Sie stieg die sechsstufige Treppe empor und klingelte an der Eingangstür. Hoffentlich war G. noch nicht schon wieder in Weimar. Aber er kam selbst hinunter und öffnete ihr. Er war wie vom Schlag gerührt. Er dachte, er könne sie vergessen und sich seinen Obliegenheiten im Herzogtum zuwenden, und jetzt war sie hier. Sie schickte ihr zahmes Vögelchen zu ihm hinüber, und das küsste ihn auf den Mund. Das Vögelchen flog zurück, und sie sagte: „Das Vögelchen küsst mich auch, sehen Sie. Es soll Sie auch küssen", sagte sie, und reichte den Vogel herüber. – Spielt sie das gleiche Spielchen wie ich, dachte G., nur taktisch klüger und besser? Ein Käfigvogel, der sie durch Zwitschersänge am Morgen wecken würde. Der Hof tolerierte es ja, solange niemand darüber redete. Er fand seine Fassung erst wieder, als sie in seinem Arbeitszimmer waren. „Wenn ich deinen lieben Leib umfasse und von deinen einzigtreuen Lippen …", mehr sagte er nicht. Er zeigte ihr das ganze Haus, erzählte vom Silberbergbau, von möglichen Veruntreuungen und der Schwere des Geschäfts. Sie verstand und fand gleich zu allem die richtigen Begriffe. Er dachte, dass er auf ihre Ratschläge nicht verzichten könne. Sie erriet seine Gedanken und sagte: „Die Welt wird mir wieder lieb durch Sie. – Mein Herz macht mir Vorwürfe." – „Du hast alles, was ich getan habe, von dir loszukommen, wieder zugrunde gerichtet", erwiderte er. – Hoffentlich spielt sie nicht mit mir, dachte er dabei und fuhr fort: „Die Stadt ist schön, Anfang Mai musste ich schon einmal wegen einer Feuersbrunst hierher. Erst das Feuer, dann der Dammbruch im Silberbergwerk, der Siebenjährige Krieg, schließlich der Überfall des Hofes, eine damalige Strafexpedition auf die eigene Stadt 1768. Erst der Herzog begann eine eigenständige Politik gegenüber der Stadt. Der Herzog und ich trieben es trotzdem ziemlich ausgelassen in den hiesigen Jagdgründen, erlegten das eine oder andere Schwein, brieten es am Feuer und übernachteten in kleinen Hütten, in denen wir uns mit Tannenzweigen vor dem Regen schützten.

Nächstes Jahr wird auch eine Bergwerkskommission gegründet, unter meinem Vorsitz. Aber in der Stadt herrschen dunkle Finanzverhältnisse. Es muss einmal Licht in dieses dunkle Nest gebracht werden."

3. Lauter Brandraketen

Ich imaginiere das Treffen von Goethe und Charlotte von Stein, verlasse mich hauptsächlich auf meine eigene Empathie und auch wieder auf den Werther 2. Fassung. Dazu zwei Zeilen aus dem Fragment „Der Falke", an dem Goethe in Ilmenau schrieb. Für Weihnachten 1767 habe ich die Gespräche mit Eckermann herangezogen: „Lauter Brandraketen". Von da ist es nicht mehr weit zur Feuerkugel.

Sie gingen den kurzen Weg zum Posthaus, nahmen an einem kleinen Tischchen mit geschweiften Füßen Platz und bestellten sich jeder ein Glas Wein. – „Ich rufe meine ganze Vergangenheit zum Zeugnis auf, dass ich vor dir noch keine Frau erkannt habe.", sagte G. Erkennen ist das richtige Wort, denn erst danach nimmt man den anderen, ich meine die andere, wirklich wahr. Ich liebe dich, und ich habe nichts getan, um diese Liebe zu verdienen!" – „Der Werther", sagte sie, „es war der Wille Gottes, dass ich ihn las, und danach hatte ich nur noch den Wunsch, Sie kennenzulernen. Aber du bist nicht mehr der Werther-Dichter. Der Herzog hat dich mit einem Teil Macht bedacht, Weimar ist jetzt du, und du bist Weimar." – „Aber du bist die Lotte, auf die die andere Lotte im Werther vorgespukt hat. Wir begehen keine Sünde. In Leipzig mit Käthchen Schönkopf war ich kurz davor. Gott ist in der Welt, auch in der Natur, und die Natur bin ich auch, und was wir hier tun, steht im Einklang mit der Natur. Ich bin kein Wolllüstling, ich folge meiner Seele. Und du bist auch kein leichtes Frauenzimmer. Dein Gewissen will dir nicht sagen, ob du irgendwann die dir so liebe Sünde büßen musst." – „Vernichts der Himmel, wenn es mich je könnt anklagen", sagte Ch.

Sie unterhielten sich die ganze Nacht hindurch, und erst gegen Morgen legten sie sich zu Bett. Dann schliefen sie ein.

Als sie wieder aufwachten, fragte sie: „Glaubst du an Gott?" Er antwortete mit ja und fügte hinzu, dass Gott in der Natur sei, also auch in ihr und ihm und dass das, was sie gemacht hätten, mit dem Teufel nichts, aber auch gar nichts zu tun hätte. – „Glaubst du, dass Gott und Satan jetzt um unsere Seelen kämpfen?" fragte sie. – „Die Frage kommt vom Verstand", erwiderte er, „der Leib ist schlauer und schöner." – „Ich gehe aber trotzdem in die Kirche", sagte sie, „mein Mann auch. Trotzdem lege ich mein Schicksal nicht in die Hände von Jesus Christus. Auch das Leibliche ist ein Sakrament!" – „Das Priesteramt gibt Macht, in Gottes Namen zu handeln. Nun ja, ein körperliches Sakrament! Aber du bist doch eine Edelgeborene. Schöne Gemächer, Meubles, Gewänder!" – „Du bist durch die Literatur zum Adligen geworden", sagte sie. – „Ich möchte ungeteilte Macht", sagte er, „ich habe schon in meinem Werther gesagt, dass es auf den Rang nicht ankommt. So weiß ich so gut als einer, wie nötig der Unterschied der Stände ist, nur soll er mir eben nicht gerade im Wege stehen …" – „Ein Schimmer von Glück", sagte sie, „den haben wir gerade genossen. Glaubst du wirklich nicht an Gott?" – „Gott ist die Sehnsucht nach Wahrheit", antwortete er, „meinen Glauben habe ich in der Weihnachtsnacht 1767 verloren, als ich in Leipzig in einem großen Gebäude, der großen Feuerkugel, wohnte, allein und völlig abgeschieden. Werther erschießt sich ja auch am Weihnachtsabend. Lauter Brandraketen!" – „Es ist dir einmal schlecht ergangen", sagte sie, „das ist jetzt vorüber." – „Ja, ich habe mich verändert", sagte er, „aber einen gescheiten Sophismus für diese Veränderung habe ich auch nicht! Eigentlich warst du es. Willfährigkeit macht den Reiz unseres Lebens aus, und ich, ein freier Geist, habe mich dir doch ein wenig untergeordnet. Es ist auch dein Körper, der mich ohne jugendliche Reize gewaltsam an sich zieht und fesselt. Ich hab in meinem Leben die dringende Begierde und das sehnliche Verlangen nicht in dieser Reinheit empfunden." – „Du träumst wieder einmal", erwiderte sie, „alle Dichter sind Träumer, aber

sie bringen ihre Träume auf den Begriff." – „Schlägt mein Herz
nicht laut genug? Drängts mich nicht zu dir hin? Küss ich nicht
deine Hand, deinen Handschuh, dein Kleid?" – „So eine schöne
Seele bin ich nicht", sagte sie, „die Welt wird mir wieder lieb,
wieder lieb durch dich. Ich hatte mich so los von ihr gemacht."
– „Wir bleiben beide in der Welt", sagte er, „und haben noch
ein paar Jahre vor uns. Ich bin nun der Liebhaber einer adligen
Dame, die mich auch liebt. Das macht schon etwas aus." – Es
war Morgen, und er musste wieder ins Amtshaus. Sie frühstück-
te, zog sich an und fuhr mit ihrer Kutsche zurück nach Weimar.

4. Unterschied der Stände

Sie ging die ganze Beziehung in Gedanken noch einmal durch. Erst vor drei Monaten hatte sie ihm ihre Zuneigung, nicht Liebe, gestanden. Und der Entschluss dazu hatte sie eine schlaflose Nacht gekostet. Er hatte es wie selbstverständlich hingenommen. Alle mochten ihn ja, außer seinen Neidern. Und seit er beim Herzog in der Gunst noch weiter gestiegen war und Geheimer Rat geworden war, waren es der Neider immer mehr geworden. War sie damals etwas zu voreilig gewesen? Sie hatte ein Armband in seinem Bett liegengelassen, und er hatte es ihr mit einem Wort des Bedauerns zurückgeschickt. Brief vom 21.5.76. – Aber ihre neuen Gefühle waren ihr zuträglich und munterten sie auf. Es war ein Trost, jetzt in ihrer Situation. Sie überlegte, wo er innerlich gestanden hatte, als sie ihr erstes Kind im Bauch trug. – Und Gretchen! Er hatte ihr viel von ihr erzählt und musste damals eine schwere seelische Verletzung davongetragen haben. Als er vor einem halben Jahr in ihre Wohnung in der Scherfgasse kam, hatte ihr auch sein Anzug gefallen, denn sie achtete auf so etwas. Ein grauer, geknöpfter Leibrock und ein rosa Seidenhemd mit Jabots. Eine dunkelblaue Kniehose, die Frisur nach hinten zum Zopf gestrichen, mit zwei Schläfenrollen und den entrückten Blick ins Weite gerichtet. Sie hatte sich aber getraut, ihn direkt anzusehen. Dann war sein Blick geistesabwesend auf ihr hängengeblieben. Hilfreich zitierte ihre Erinnerung ein paar Zeilen aus dem Werther: „Ich weiß, wie wichtig der Unterschied der Stände ist ..." Sie würde ihn verwischen, diesen Unterschied. In seiner Sprache hatte man leicht das Hessische herausgehört, und sie war ihrer Neugier gefolgt. Sie hatte, trotz der Standesehe mit Stein, immer Zugang zu ihren eigenen Wünschen und Bedürfnissen gehabt und diese manchmal auch ausgesprochen. In ihrer Jugend hatte sich ihr dabei ihre Mutter in den Weg gestellt, die mit vierzig der Welt entsagt und sich dem Herrn übergeben hatte. Ihr Vater ließ sich neuerdings von seinen Bedienten die Stirnhaut unter der Perücke nach oben ziehen. Der hier war so blutjung, dass er das so schnell nicht nötig haben würde. Nach einem halben Jahr mit G. hatte sie ein schlechtes Gewissen bekommen und sich von ihm zurückgezogen. Nächstens würde der Dichter Jakob Michael Reinhold Lenz nach Weimar kommen, und sie würde es einmal mit dem versuchen. Vielleicht war Lenz ja ein G. Sie hatte gehört, dass Lenz gut Englisch sprach, und die Sprachlehre würde ein guter Vorwand sein, ihn für ein paar Wochen in ihr Wasserschloss in Kochberg einzuladen. Dann könnte G. auf kleiner Flamme kochen und sich am Ende aus purer Eifersucht für sie entscheiden. Vielleicht würde G. seine überlegene Haltung verlieren. Wenn ein junger Mann, der noch nie richtig geliebt hatte, es mit einer älteren, in der Liebe körperlich wie geistig erfahrenen Frau zu tun bekam, konnte er sich wirklich fühlen wie ein Singvogel im Netz. – Und trotz Lenz, sie würde ihren Singvogel so bald nicht wieder freilassen. „Deine Gegenwart hat auf mein Herz eine wunderbare Wirkung gehabt", hatte er nach Charlottes Abreise aus Ilmenau am 8. August geschrieben. Ja, Gegenwart bedeutete ihm alles. Dann hatte er, in dem gleichen Brief, angefangen zu lügen: „Du bist immer bei mir." – Aber er zeichnete für sie, und das erfreute sie, die auch gerne zeichnete, am meisten.

5. Parallelexistenzen

Das Gespräch mit Zimmermann folgt ziemlich genau den Gedanken seines Büchleins „Von der Einsamkeit" von 1773. Sie war vom 23. Juni bis zum 29. Juli 1776 im Kurbad Pyrmont gewesen. Fünf Tage hatte die Rückreise gedauert. Sie hatte in Pyrmont mit dem Modearzt Zimmermann über ihr Unglück geredet, und sie vollzog das Gespräch in Gedanken noch einmal nach. Sie suchte ja jemanden, der ihr da heraushalf, sonst hätte sie sich ihm gar nicht offenbart. Zimmermann hatte ein leicht eckiges Gesicht mit einem kleinen, gespitzten Mund und trug eine helle Perücke mit zwei Schläfenlocken auf jeder Seite. Seine Jacke, über deren Stoff sich ein kreuz und quer liniertes Muster zog, hatte er nicht zugeknöpft, weil seine Spitzenjabots zu breit waren.

„Die berühmte Zenobia hat ihr Unglück auch mit Würde getragen", hatte er gesagt, „aber in Ihrer Lage muss wirklich etwas geschehen. Ich will Ihnen etwas vom Menschen sagen: Alle guten Köpfe opfern lieber die Vergnügungen des Verstandes denen der Sinnlichkeit auf. Ich will Sie ja nicht daran hindern, aber Sie brauchen einen jugendlichen Liebhaber, der auch ein guter Kopf ist. Sonst sind Selbstbetrug und Torheit des Menschen Los. Der Mensch ist für den Menschen gemacht. Aber durch den Wunsch, der Welt zu gefallen, wird der Gedanke, in sich selbst zu sehen, zerstört. Dem aufgeklärten Kopf ekelt oft vor der besten Gesellschaft. Sie brauchen also beides, Verstand und Gefühl. Ich sagte Ihnen ja schon vor einem Jahr, dass G. Sie liebt. Glauben Sie mir, und halten Sie sich daran. Wenn Sie zweifeln, so erinnern Sie sich, dass fühlen viel leichter ist als denken. Einsame Frauen fallen oft nur aus Langeweile in die Sünde des Fleisches. Ein so eindimensionaler Weg droht Ihnen

bei einem Kopf wie G. nicht." - „Allenthalben ist jeder erträg-
liche gute Kopf für alle Einsichtslosen der Gegenstand des allgemeinen Hasses", hatte Ch. dazu gesagt, „ich weiß nicht, ob
ich die heroische Überwindung scharf gefühlter Lüste schaffe
…" – „Der schwere Seelenschwung", antwortete Zimmermann,
„wir denken und handeln immer verhältnismäßig mit unserem
Körper. G. liebt Sie, und Sie lieben G.! – Was sollen da noch
empfindsame Grillen? – Die Leute, die möglicherweise über
Sie reden werden, kennen nur Tabakrauch, Kaffee trinken und
müßiggehen." Mit diesen Worten hatte er sich umgedreht und
war zum Brunnen gegangen. Jetzt war sie allein und musste seine Worte in ihrem Inneren abwägen, um zu sich selbst zu kommen. Zimmermann hatte noch etwas vom „Hauskrieg" gesagt.
Der stand ihr jetzt wohl bevor. In ihrer Ehe mit St. blieb ihr nur
noch die vollkommene Entkörperung der Seele. Sie wunderte
sich gelegentlich darüber, worauf sie sich eingelassen hatte. Aber
ihre Angst hatte sie verloren. Die Gefühle, die sie G. entge-
genbrachte, waren neu und für sie ungeheuer schmeichelhaft.
Dass es das gab! Aber alles war komplizierter geworden und
auf G.s Fragen: „Wie fühlst du dich?" gab sie meistens keine
Antwort. Aber schon in den ersten Sekunden, als ihr dieser junge Mann im dunklen Nachmittagslicht des Dezembers 1775 in
ihrem Salon in der Scherfgasse gegenüber trat, dachte sie an die
Probleme, die sie bekommen würde. Sie kam nie auf die Idee,
sich zu fragen, ob sie glücklich sei. – Aber irgendein dünnes,
inneres Gefühl sagte sie, dass sie es wohl sein müsse, denn eine
Parallelexistenz tat sich vor ihr auf. G. war vermutlich ein Genie.
– Würde sie ihn halten können? – Es ging darum sich zu lieben.
Manchmal würde sie ihm gegenüber auch harte Worte gebrauchen müssen. Sie ahnte schon, was dabei herauskommen müsse.
Beim letzten Machtwort hatte er wutentbrannt seinen Stock
gegriffen und war hinaus gelaufen. Aber nach vierzehn Tagen
hatte er schon wieder in ihrem Salon gestanden. Sie hatte im
Augenblick keine rettende Idee.

G. kehrte in Ilmenau auf den Hermannstein zurück, wo er bei ihrem Besuch ihre Hand gehalten hatte und schrieb an seinem „Falken" weiter, ein Theaterstück nach Boccaccios Novelle. Seine Hauptfigur, Giovanna, sollte „einen Tropfen" ihres „Wesens" haben. Das Stück ist nur als Fragment von einer halben Seite überliefert. „Du bist immer bei mir", schrieb er ihr am 8. August nach Weimar. Er führte sein Leben „in Klüfften, Höhlen, Wäldern, in Teichen, unter Wasserfällen, bei den Unterirdischen". Offenbar tauchte er in seine unterirdische Seelenwelt und symbolisch auch in die Sexualität ein. Am 10. August schrieb er ihr: „Du hast alles, was ich getan habe, um von dir loszukommen, wieder zugrunde gerichtet." Er spielte das Glücks- und Kartenspiel Pharo und verlor. Der Herzog hatte sich bei der Jagd eine Wunde zugezogen, die nicht heilen wollte, und so kehrten sie am 13. August 1776 wieder nach Weimar zurück. An Herder hatte er geschrieben: „Den Engel, die Stein, habe ich wieder." Weimar hatte ihn also wieder. Und am Dienstag, dem 20. August war er wieder bei der Frau von St. Er hatte ihr geschrieben: „Ich werde dich wiedersehen, und geh alles wie es kann." Er ging meistens spätnachts nach Hause in sein Gartenhaus.

6. Eine Aussprache, die nichts löst

Den Überfall habe ich imaginiert. So oder so ähnlich könnte sich der von Goethe dokumentierte Vorfall abgespielt haben. Bis auf dieses eine Vorkommnis wird sich alles anderes unter dem Mantel des Schweigens vollzogen haben.

Sie kamen aus verschiedenen Richtungen. Einer vom Theaterplatz, einer vom Karlsplatz, der Dritte aus der Erfurter Straße. Gestalten, die es gleich auf ihn abgesehen hatten. Er suchte sie mit Tritten abzuwehren, aber es gelang ihm nicht. Er bekam sofort einen Hieb gegen die Schläfe und einen gegen das Bein. Er sah ein, dass hier mit Körperkraft nichts zu machen war, und trat die Flucht durch die Innere Erfurter Straße an, der einzige Weg, der ihm nicht versperrt war. Das hatten sie übersehen. Er musste vor sich selbst bekennen, dass er sich entsetzlich fürchtete, denn vor Gott hatte er wohl gesündigt. Die Dunkelheit schluckte die Stimmen der Angreifer wie Watte. Kein Mensch weit und breit zu sehen. Er floh zum Markt und über die Esplanade hinunter in sein Gartenhaus, das damals noch recht bescheiden war. Kurz vor der Ilm-Brücke fing er ein Gespräch zweier Männer auf. Der eine sagte: „Es missfällt mir, was die da oben machen. G. hat St. seine Frau weggenommen. Die Ehe ist heilig. Jesus hat am Kreuz für uns alle gelitten, und die Ehe ist ein Sakrament. An die Frau eines anderen gehen, aus der Herrscherkaste …" – „Ich bin nicht fromm", sagte der andere, „und ab und zu bin ich selbst fremdgegangen." Zu Hause im Gartenhaus wusch G. die Wunde an seinem Knie mit Wasser aus. An der Schläfe würde es ein schönes Horn geben. Das konnte vor Ch. als Beweis des Angriffs dienen. Sie ahnten ja beide, wo der seinen Ursprung hatte.

Ich weiß nicht, ob es ein solches Gespräch zwischen Goethe und Stein gegeben hat. Wahrscheinlich haben Goethe und Charlotte Stein links liegengelassen. Im Kopf der beiden könnte es sich so oder so ähnlich abgespielt haben.

Am nächsten Tag war er zu St. an den Hof gegangen. St. war ausgewichen. „Ich bin Kavalier vom Scheitel bis zur Sohle. Wie könnt Ihr auf solche Gedanken kommen?" – „Ich bin überfallen worden", sagte G., „unmittelbar nachdem ich von ihr kam. Das kann doch kein purer Zufall sein." – „Glück im Unglück, dass Sie nicht tot sind, Fortuna", sagte St., „und dann Ihr Werther, wenn er unschuldig ist, warum flieht er in den Tod? Er war sich doch sicher, dass ihm alles nachgewiesen würde, und so hat er sich selbst gerichtet! Mich kann man nicht so täuschen wie meine Frau." G. sagte: „Vielleicht wollte sich Werther einfach nur ein weiteres Dahindämmern ersparen!" – „Reden Sie keinen Unsinn", sagte St. „Er hat sich der Hölle überantwortet. Schließlich hat Sie Leipzigs Geistlichkeit nicht umsonst beim Fürsten angezeigt!" – „Wir sind so, wie Gott uns geschaffen hat", sagte G., „deshalb kann es keine Sünde geben. Das Wort Satan kommt nur in unsere Hirne, weil wir in Gegensatzpaaren denken müssen." – „Sie sind noch dümmer als ich", sagte St. – „Priester", erwiderte G., „ich überantworte die Suche nach Gott doch nicht einem anderen, wer es auch sein möge. Meines eigenlichen Elements, der Liebe meines Herzogs, können Sie mich nicht berauben. Sie hat blutige Tränen um mich geweint, das ist alles, was Sie erreicht haben!" Er hatte keine Angst vor St., aber ihm fehlte die Elaboriertheit der Sprache, die die Adligen hatten. Er war Stürmer und Dränger gewesen, und Vornehmheit war eigentlich nicht sein Metier. Und schlau waren sie, sonst hätte der da überhaupt nicht mit ihm geredet. Aber er selbst war auch schlau und würde am Ende die ungeteilte Macht in den Händen halten. Die Toren, die nicht sahen, dass es auf den Rang gar nicht ankam. Er wurde hier im Herzogtum zunehmend wichtiger. Jetzt war er schon Geheimer Rat und St.

nur Oberstallmeister. Aber mit seinem Titel erlangte er auch nicht die ewige Seligkeit, das wusste er seit langem. – „Zwischen Mann und Frau geht es eben so zu. So wird es auch in zweihundertfünfzig Jahren sein!" sagte G. – „Ich sorge dafür, dass Sie Ihr Gartenhaus verlieren", sagte St., „mich mag der Herzog auch, und auf mich kann er weniger verzichten als auf Sie!" – G. wusste: St. saß im Hintergrund, belauerte, beobachtete, kommentierte bei Hof. „Alle Welt nennt Sie Doktor", sagte St. Aber Sie sind kein Doktor. Sie sind nur Lizentiat der Rechte." – „Um über das Recht etwas zu sagen, muss man differenziert denken können, aber Sie sind kein Denker. Sie denken vollkommen subjektiv." – „Ich verstehe Sie nicht", erwiderte St. – „Das dachte ich mir", sagte G.

7. Bewusstsein und Erinnerung

G. berührte das Geschehene und das Gespräch überhaupt nicht. Er wusste, dass das, was er und Ch. empfanden, unbezwinglich war. Er war jeden zweiten Abend bei Frau von St. Er brachte ihr Englisch bei und lachte über den „grammatikalischen Spaß". Er wusste, dass ihm das Schicksal „einen ganz reinen Moment bereitet" hatte. So jedenfalls schrieb er an Lavater. Und er nahm regelmäßig an den Sitzungen des Geheimen Konsiliums teil. „Die, die G. nicht mögen, gehören nicht in unsere Gesellschaft", hatte der Herzog einmal in einer der Sitzungen gesagt.

Anfang August (der Brief ist nicht genau datierbar) schrieb G. ihr: „Gestern Nacht wurd ich von Ihnen ausgehend von Vagabunden attackiert." – Vagabunden! Es waren gedungene Schläger gewesen, die ihn einschüchtern sollten. Er sollte sich denken, wer sie geschickt hatte. Aber er war G., und sobald Ch. davon erfahren würde, war es aus mit St. Dieser Vorfall, eine kleine Affäre, wurde aber in Weimar nicht weiter hochgespült. Keine der anwesenden Parteien hatten ein Interesse daran, und der Hof schon gar nicht.

Die Heirat mit Stein am 11. April 1764? – Sie hatte es am Hof nicht mehr ausgehalten, wo sie schon, sie war damals zweiundzwanzig, sechs Jahre geweilt hatte. Sie hatte sich einfach den schönsten und auch den besten Tänzer ausgesucht, denn sie selbst tanzte brillant, tat sogar beim Hofballett mit. Wer konnte das schon aus der Schar der Hofdamen? Einige von ihnen hatten sich eng an sie angeschlossen und liebten sie schöner, als es das Herkommen erlaubte. Und sie war froh, diese ganze Gesellschaft hinter sich zu lassen und die Hälfte des Jahres in ihrem

neu erheirateten Wasserschloss in Kochberg zuzubringen. Nun
ja, St. war nicht der Hellste im Kopf, sprach gut Französisch,
kannte nichts außer Bullenmast und Lack für seine Kutschen.
Und er war Dreiviertel des Jahres weg. Die Zeit hatte sie für sich
und ihre Freunde. Knebel war so einer, neben G. Ihre Mutter,
die zum Kinderkriegen nur sagte: „Es ist die Pflicht des Weibes",
hatte sich mit vierzig Jahren dem Herrn übergeben. Die geistli-
chen und weltlichen Illusions würde sie auch irgendwann hinter
sich haben. Es zerrte an ihren Nerven, dass St. auch noch fromm
war und in die Kirche ging, wenn er konnte. Er würde doch kein
Kopfhänger werden! Aber selbst wenn sie G. an eine Jüngere
verlor, hatte sie immer noch den Hof. Die Prinzessin Luise, die
an ihr hing, und auch die Herzoginmutter Anna-Amalia. Ihr
Mutterinstinkt war eigentlich nur für die drei Buben da. Die
Mädchen waren in den ersten Lebensjahren dahingestorben.
Zimmermann war der einzige, der ihre Lage erkannt hatte. Ihr
war sterbenselend gewesen, und sie hatte einen Selbstmord-
versuch hinter sich. Sie hatte G. davon erzählt und der hatte
gesagt, damals am Weihnachtsabend 1767 in Leipzig habe er
auch daran gedacht. Er habe nur nicht gewusst, wie er es hätte
anstellen sollen. Wie kam sie eigentlich dazu, derart an sich zu
denken? – Andere Frauen gingen in Ehe und Kindererziehung
auf. Verloren zum Teil den Kontakt zum Hof, den sie, Ch., mehr
und mehr intensivierte. Zimmermann hatte ihr vor G.s Ankunft
in Weimar seinen Schattenriss gezeigt. Das war klug gewesen,
denn diese schmale, schwarze Gestalt ohne Perücke und der
langen, geraden Nase (den kleinen Höcker hatten die Scheren-
schneider weggelassen) hatte ihr beim ersten Anblick gefallen.
Und jung war er auch, so dass sie ihn noch formen konnte. Aber
an eine Liebe mochte sie nicht glauben. Sie würde ihn halten,
solange es ging. Alles andere waren Grillen.

8.   Sich über etwas klar werden

Sie hatte sich von St. klaglos in Besitz nehmen lassen, immer und immer wieder, wenn er gerade mal im Lande war, und unter Schmerzen sieben Kinder geboren. Sie würde darüber nachdenken, was G. von ihr erwartete, wenn er denn nach Weimar kam. – Sie war kein Schaf, das sich von einem Schäfer (bzw. von ihrem Geliebten) scheren ließ. Was sie sich ersehnte, konnte vielleicht auf ihre Kosten gehen; denn es war wahr, dass er einmal heiraten würde, sicherlich aber nicht sie. – Sie würde ihn an der Kandare halten müssen. – Das Besuchszimmer des St.schen Hauses. Hellgelb gestrichen, die weißen Gardinen zu beiden Seiten der Fensterrahmen gerafft. Das einfallende Licht spiegelte sich in den gewachsten Bohlen des Fußbodens. In der einen Ecke ein nussbrauner Schreibsekretär mit aufgeklappter Platte, davor ein barocker Stuhl. Fast in der Mitte des Raumes ein frühklassizistischer runder Tisch mit Stühlen, die mit grünem Chintzstoff bezogen waren. In der gegenüberliegenden Ecke ein Tafelklavier und einem wie die Stühle bezogenen Hocker davor. Der Durchgang zum anderen Raum zeigte ein Esszimmer. Im Zimmer der Herzog mit seinem Bruder, die beiden Jugendfreunde des Herzogs, von Wedel und von Einsiedel. Auch Carl Ludwig von Knebel war dabei gewesen. Die beiden Fräulein von Ilten, deren Eltern früh verstorben waren, vervollständigten die Versammlung. Man hatte sich nur kennengelernt, war sich aber nicht nähergekommen. Ihr aber hatte der neue junge Mann gefallen. Fritz von Stolberg hatte sie gegenüber seinem Bruder „einen Engel von einem Weibe" genannt. Schon am 6. Dezember 1775 hatte G. sie auf ihrem Wasserschloss in Kochberg besucht, und sie waren zum ersten Mal allein gewesen. G. hatte auf die innere Platte ihres Schreibtischs geschrieben: „G. den

6. Debr 75". Dieser Besuch war der bedeutendste im Anfang
ihrer Beziehung gewesen, und G. hatte an ihrem ruhigen Blick
die stille Herzlichkeit ihrer Seele, so meinte sie, erkennen können. Aber sie wollte nicht, dass jemand, auch nicht G., sie so
durchschaute. Aber der berechnenden Gefallsucht von Louise
von Münchhausen, die auch ein Auge auf ihn geworfen hatte,
hatte er sich gleich ganz eindeutig entzogen. Sie war nie ganz
auf G.s Seite gewesen, sie war auch immer auf der Seite des
Hofs gewesen. Das erste halbe Jahr war ein chaotisches Hin
und Her zwischen G., ihrem Mann und dem Hof. Erst nach
Ilmenau hatte sich alles ein wenig beruhigt. – Es war Zufall
gewesen, dass G. in Weimar geblieben war. Er hatte ja erst beim
Kammerpräsidenten Kalb, dann in einer kleinen Wohnung im
Jägerhaus in der Marienstraße gewohnt, bevor ihm der Herzog
nach diesem halben Jahr das Gartenhaus an der Ilm geschenkt
und ihn, auch dank Ch., an Weimar „geheftet und genistelt"
hatte. Von Anfang an war sie auch für die Berufung des genia-
len Hofpredigers Herder gewesen. G. nannte sie damals „liebe
Frau" oder „Gold". „Du begreifst nicht, wie lieb ich dich habe."
Meistens war sie vor G.s Leidenschaftlichkeit nach Kochberg
verschwunden und hatte ihm verboten zu kommen. Das tat man
nur, wenn etwas vorausgegangen war oder etwas in der Luft
hing. Sie konnte sich beherrschen, er nicht! „Liebe Frau, werden
Sie's nur nicht überdrüssig", hatte er geschrieben, und: „miselte",
um sie ein wenig eifersüchtig zu machen. „Denn es ist mehr als
Beichte, wenn man auch das bekennt, worüber man nicht Absolution bedarf." Und als sie in Kochberg war, hatte er ja geschrieben: „So haben Sie auch auf dem Lande keine Ruh vor meiner
Lieb und Torheit." Man führte zusammen mit Bürgern und
Adligen Cumberlands „Westindier" auf. Alle Mitglieder des
Hofes, der Herzog, Knebel, Seckendorf, Einsiedel und auch St.
waren mit Rollen bedacht. Da ging einiges durcheinander. Nur
das Gesicht wahren! Trotzdem lauerte der Hof allen Schrit-
ten G.s auf. Dann war auch noch die schöne begabte Sängerin

Corona Schröter gekommen, und jetzt war die Eifersucht auf ihrer Seite. Sie bezeichnete ihn in einem Brief als „Heiligen", und er erwiderte: „Das heißt, mich von deinem Herzen zu entfernen." Dann erst war er nach Ilmenau beordert worden, und die längst feststehende Anstellung als Geheimer Legationsrat hatte man nur wegen seiner Neider noch nicht veröffentlicht. Mit tausendzweihundert Talern Jahressalär. – Er schlief zum ersten Mal in seinem neuen Gartenhaus, von wo er ihr Spargel schickte. Und als sie ihn einmal abends besuchte, fand er am anderen Tag ihr Armband in seinem Bett. Er hatte jetzt Sitz und Stimme im Geheimen Konseil und war einer der einflussreichsten Männer im Herzogtum geworden. Aber immer noch musste sie seine leidenschaftlichen Ausbrüche in der Öffentlichkeit zurückweisen. Eigentlich zählte für sie nur eine Heirat. Und in ihrem Schauspiel „Rino", das jetzt in Weimar zirkulierte, stellte sie G. als Frauenheld dar. Erst nach dem Aufenthalt in Pyrmont, wo sie wieder lange mit Zimmermann gesprochen hatte, kam alles wieder einigermaßen ins Lot. Und sie verstand, ihr Herz zu teilen. Die „Liebhaber" waren doch nicht so oft da und gegenwärtig wie die Ehemänner. Und G. wurde wieder in die Reserve gedrängt. „Wenn das so fort geht, beste Frau, werden wir wahrlich noch zu lebendigen Schatten." – Als sie sich mit dem Dichter Lenz fünf Wochen nach Kochberg zurückzog, schrieb er: „Sie haben eine Art zu peinigen wie das Schicksal." Als sie zurück in Weimar und Lenz vertrieben war, war sie von ihrer eigenen Zuneigung zu G. stark beunruhigt. G. verglich sie mit einer Madonna, nach der er vergebens die Hände ausstreckte. Ch. schrieb auf die Rückseite dieses Briefes:

„Obs Unrecht ist, was ich empfinde,
und ob ich büßen muss die mir so liebe Sünde,
will mein Gewissen mir nicht sagen;
vernicht es, Himmel du, wenn mich's je könnt anklagen."

9. Meine Gedanken wachsen aus Ihren Zwiebeln

Am 20. Oktober 1776 hatte Herder seine erste Predigt gehalten, die sie entzückt hatte. Und G. nahm eine Briefpassage von ihr in sein Dramolet „Die Geschwister" auf. Sie hatte ihm ihr Tagebuch mitgeteilt, und so herrschte (wenigstens eine Zeitlang) begrenztes Vertrauen. Sie glaubte langsam wirklich, dass sie übersinnliche Kräfte hatte. „Mein Gedanken wachsen aus Ihren Zwiebeln", hatte er ihr geschrieben. Natürlich hielt ihn auch die Tatsache, dass sie eine Alternative hatte und er keine wirkliche. Sie war ja immer noch verheiratet. In dieser Zeit hatte sich St. mit ihr einmal im Salon eingeschlossen. Die Kinder drückten von außen die Nasen an die Schlüssellöcher, aber sie vernahmen nicht, was drin gesprochen wurde. Ich weiß nicht, ob es so ein Gespräch gegeben hat, aber möglich wäre es durchaus gewesen. – „Ich weiß, dass ich schlecht gehandelt habe, aber ich lasse dich nicht fallen", sagte Ch. – „Ich liebte dich, aber für dich war es eine Vernunftehe. Das habe ich schnell gemerkt", erwiderte St., „ich dachte, es wäre eine Liebesheirat." – „Das sind Begriffe aus der Steinzeit", sagte Ch., „wir werden trotzdem bis zum Tod zusammenbleiben müssen. Es gibt auch Vernunftehen, die trotzdem halten. Um die Liebe kennenzulernen, muss man sich erst einmal irren." – „Du hast unedel gehandelt", sagte St., „schick ihn doch zurück nach Frankfurt." – „Vom Herzog kann man ihn nicht mehr losreißen", sagte Ch. – „Vielleicht ist es ein Missverständnis", sagte St. – „Nein", sagte Ch., „in unseren Ständen ist ein Liebhaber nichts Unwürdiges. Such dir doch auch ein Pendant!" St. war eifersüchtig, und er wusste, dass er, trotz seiner begründeten Eifersucht, seine Frau kränkte. Er war vollständig davon überzeugt gewesen, dass seine Frau ihn immer lieben würde. Er hatte in den elf Jahren ihrer Ehe nie Misstrauen empfunden. Er vertraute und sagte sich, er müsse weiter Vertrauen haben. Bis diese ungeheuerliche Sache mit Ilmenau passiert war. Er hatte sie einen oder zwei Tage früher erwartet und hatte ihr seine Pferdeknechte entgegengeschickt, um zu verstehen, was los war. Dann war sie aber, von Meiningen aus, nicht zu ihm, sondern erst einmal zu dem da nach Ilmenau gegangen. Diesen Umweg würde er ihr nie verzeihen. Vielleicht bewies es, dass sie kein Herz hatte. Für ihre Hunde und Kanarienvögel hatte sie es.

10. Bilder zweier Leben

Dass Charlotte beobachtet wurde, geht aus dem von Goethe dokumentierten Überfall hervor. Die Person Dordonne habe ich erfunden.

Während Ch. so in Gedanken versunken an ihrem Fenster stand, sah sie draußen in der Scherfgasse Dordonne stehen, den französischen Pferdeknecht ihres Mannes. Sie glaubte ihn schon öfter da draußen herumlungern gesehen zu haben. Es war ein Mann mittleren Alters mit einem Zigeunerzopf und ziemlich zerlumpter Kleidung, sonnenverbrannt und mit einem kleinen Schnurbart. – Ihr wurden zwei wichtige Dinge bewusst: Erstens der Mann hatte mehrmals dort gestanden, zweitens er war wegen ihr hier. Stand er wegen G. vor ihrem Fenster? – Er konnte sehen, wer hier hinein und hinaus ging. Ließ ihr Mann sie beobachten? – Mit ihrem Liebhaber schien er sich immer noch nicht arrangiert zu haben, obwohl das in ihrem Stand gang und gäbe war. Vielleicht war der Überfall auf G. nur ein Ausrutscher gewesen? Jedenfalls kein Zufall. – Sie spielte mit dem Gedanken, ihn heraufzuwinken und ihm eine Tasse Kaffee anzubieten. Sie tat es nicht und beschloss, ihre Umgebung sorgfältiger zu beobachten. Ihr Mann traute ihr also schon seit langem nicht mehr. – Trotz Müdigkeit und Routine. Das Bett war ein Beichtstuhl. Aber sie teilten es schon lange nicht mehr, und nicht nur aus Angst vor noch mehr Kindern. Aber es gab zwischen ihnen noch die gedankliche und ungedankliche Brücke zwischen Ehepartnern, die auch G. nicht ganz hatte zerstören können. Und St. schien zu glauben, dass er sie noch nicht ganz verloren habe. – Nun ja, sie waren noch einmal gemeinsam in Pyrmont gewesen, aber da hatte sich nichts mehr abgespielt. Die Grenze zwischen ihnen zog das Kissen. Warum trennte sie sich nicht von ihm? – Kochberg wäre dann weg und wer kam dann für die Erziehung der drei Söhne auf? G. hatte ihr angeboten, den einen oder anderen in sein Haus zu nehmen und Erziehungsversuche zu machen. Nach Rousseau. Das würde dem klatschsüchtigen Weimar noch mehr entgegenkommen. – Sie sah, wie Dordonne sich nach allen Seiten umschaute und verschwand. War er auf der Rückseite ihres Hauses? Sie sprach gern Französisch und einen kurzen Moment hatte sie überlegt, ob sie ihn auf französisch ansprechen sollte. Da war er wieder, und sie entschied sich, herunterzukommen und ihm nachzugehen. – Aber sie war noch nicht aus der Tür, als sie sah, wie Dordonne in einem der gegenüberliegenden Häuser verschwand. Er hatte also nicht ihretwegen da unten gestanden.

Plötzlich stiegen Bilder ihres Lebens vor ihr auf. Ihre Jugend: Enge der Residenzstadt und höfischer Zwang. Der demütig gedrückte Kirchenglaube ihrer Mutter. Ihre Seele, die nur den Druck des Hofes, Stille und Blässe gekannt hatte. Die Angst vor den Schmerzen beim Gebären der sieben Kinder. – Dann: ER! – Ein Bürgersohn aus Frankfurt. Aber ein Genie, das sich von ihr führen ließ und das doch gegen sie kämpfte. Ohne Körperlichkeit fehlte ihrer Beziehung vielleicht etwas. Es war eine berechtigte Forderung des Genies, in neuen Sphären frischere Luft zu atmen. Aber G. war kein Mann rascher Entschlüsse. Der Sohn einer freien Reichsstadt hatte sich die Strenge, und Maßhaltende ausgesucht oder war ausgesucht worden. Vielleicht fehlte ihr das Kongeniale, sie hatte sich ja in dem Dramolet „Rino" selbst im Dichten versucht, vielleicht umsonst. Wer sollte die Worte und Taten einer Frau, die in einem so schwierigen Lebensabschnitt stand, verstehen? Pflichterfüllung und Selbstaufopferung: Für ihren Mann (dessen Leiden bis heute ungeklärt ist), ihre Söhne und ihren Liebhaber. Ihre Briefe an ihn würde er bald in das fürstliche Archiv gegen, G. war nun auch der Hof! – Sie hatte zu erkennen gegeben: Ja, ich würde gerne. Aber ich muss mir ganz sicher sein. So wie ihre Vorsicht es ihr eingegeben hatte.

– Sie wusste aber nicht, ob er so lange warten würde. Sie hatte es verstanden, sich zu arrangieren, mit ihrer eigenen Familie, mit ihrem Mann, ihren Kindern, Kanarienvögeln und Hunden und ... mit ihrem Liebhaber. Solange wie es eben ging!

G. erinnerte sich, er war im Winter 1775 ebenfalls neugierig gewesen. Er wusste, dass die Kutsche, die nach Weimar fuhr, ihn auch zu Ch. von St. trug. Kalb hatte ihm schon von den Erwartungen dieser Frau an den Dichter des Werther erzählt. Die Kutsche aus Weimar war großartig in Frankfurt angekündigt worden. Jetzt kam sie nicht, und er ging nur noch abends im Mantel seines Vaters bis zur Faulpumpe und zurück. Er wurde ungeduldig und wollte sofort nach Italien. Am 30. Oktober 1775 brach er auf und kam ... bis Heidelberg. Dort erreichte ihn ein Eilbote mit der Nachricht, Kalb sei mit der Kutsche endlich angelangt und erwarte ihn. G. trat sofort die Rückreise an und traf am 7. November 1775 in Weimar ein. Eine seiner ersten Wege führte in die Scherfgasse ins Haus der Frau von St. Dieser seltsame Moment – ein Wendepunkt in seinem Leben. Er musste an seinen Vater denken, der eine so viel jüngere Frau geheiratet hatte. Was war, wenn man eine so junge Mutter und einen so alten Vater hatte? Ch. von St. war sieben Jahre älter als er, und für jedes Jahr ein Kind. Aber er dachte, dass er in seinem Alter ja anpassungsfähig sei. Ihre Schönheit war ein Schock: genauso wie Zimmermann sie beschrieben hatte. Auf den Medaillons von Imhoff hatte sie etwas Mäuschenhaftes gehabt. Aber er konnte auf ihrem Antlitz nichts mehr davon erkennen. Da war nur Haltung, Fischbeinkorsett und Hoheit. Er fühlte sich plötzlich einsam. – Was wollte er eigentlich hier? – Erzieher eines Fürstenknaben, der gerade mal achtzehn war? – Ch. schien zu verstehen, was ihn bewegte, und zog ihn in ein Gespräch. Er schlug sich gut. Er kam aus einer Großstadt, und das hier war sächsisch-weimarische Provinz. So leicht konnte ihn jetzt keiner mehr zum Hinterwäldler abstempeln.

Traum ohne Deutung

Eine Episode im Leben des jungen Hölderlin

Ich fand Natascha allein. Sie ging langsam im Zimmer auf und ab, die Arme auf der Brust verschränkt und in tiefen Gedanken.
Dostojewski, Die Erniedrigten und Beleidigten

1. Gespräche im Schloss Waltershausen

Charlotte von Kalb, eine der brillantesten und schillerndsten intellektuellen Frauen ihrer Zeit, eine geborene Marschalk von Ostheim, suchte im September 1793 nach einem neuen Hauslehrer für ihren neunjährigen Sohn Fritz auf ihrem abseits der Welt gelegenen Schloss Waltershausen in Franken. Sie hatte sich an Schiller gewandt, mit dem sie, schon während ihrer Ehe, eine kurze Liaison gehabt hatte. Dieser empfahl ihr, nachdem er sich lange umgeschaut hatte, „Hölderlin, Magister der Philosophie" (...) „Ich habe ihn persönlich kennenlernen und glaube, dass Ihnen sein Äußeres sehr wohl gefallen wird." (II, 578) Charlotte hatte von dem alten Hauslehrer, ebenfalls von Schiller empfohlen, gesagt: „Die Nullität ist sein Verbrechen. (…) Münch hat ein verkümmertes Aussehen nebst allen Façons eines Schneidergesellen." (Naumann, 167) Hölderlin kam gerade aus dem Tübinger Stift, war dreiundzwanzig Jahre alt, ohne Lebenserfahrung, zwei kurze Liebschaften hinter sich. Mit nichts als Kant, Spinoza, Platon, Ficino und Hemsterhuis im Kopf. Er hatte in den damaligen Musenalmanachen schon einige Gedichte veröffentlicht und betrachtete die Hauslehrerstelle in Waltershausen als Warteschleife zur Arbeit und zum Ruhm. – Man weiß nicht, ob das lebensgroße Ölbild von Karl Hiemer, da war Hölderlin zwanzig, seine seherische Kraft und seine Verletzlichkeit richtig abbildet. Er war ein schöner Mann, schöner als alle, die mit ihm studiert hatten und wie er etwas geworden sind. Vielleicht bis auf Schelling. Mund- und Augenpartie ganz ausdrucksvoll und seelenhaft. Die Nase gerade und schön. Das lange, grau gepuderte Haar weit nach hinten zurückgestrichen.

Man hätte ihn gerne zum Freund gehabt, ihn, der so freundschaftsfähig war. Der weiße Hemdblusenkragen weit aufgeknöpft und ein brauner Gehrock, vielleicht aus Manchesterstoff. Seelenvoll ist vielleicht das bessere Wort für sein Antlitz. Immer noch ein wenig knabenhaft. „Ich habe nichts, wovon ich sagen möchte, es sei mein eigen", schreibt Hyperion an Bellarmin. Traut man dem jungen zwanzigjährigen Mann auf dem Ölgemälde diesen Satz zu? Über Coburg kam er mit Extrapost am 27. Dezember 1793 auf Schloss Waltershausen im Grabfeld an.

Er war dort erstmal ohne Charlotte. Mit deren Mann, dem Major von Kalb (der in französischen Diensten im Amerikanischen Krieg unter Lafayette gekämpft hatte), der Köchin, einem Diener, der zweiundzwanzig Jahre alten Witwe Wilhelmine Marianne Kirms, der Gesellschafterin von Charlotte von Kalb, und seinem neunjährigen Zögling Fritz von Kalb, der als Erwachsener einmal preußischer Heerführer im Fränkischen sein würde. Schon drei Tage nach seiner Ankunft in Waltershausen schrieb Hölderlin an seine Freunde Stäudlin und Neuffer in Tübingen einen Lobesbrief über seine neue Umgebung. Der alte Hauslehrer, der Hofmeister Münch, wusste noch nichts von seiner Entlassung. Charlotte von Kalb hatte ihn wegen seiner „Nullität" um jeden Preis provozieren wollen. Zweieinhalb Wochen später nennt Hölderlin die Gesellschafterin Wilhelmine Kirms in seinem Brief an seine Schwester „eine Dame von seltenem Geist und Herzen, spricht französisch und englisch, und hat soeben die neueste Schrift von Kant bei mir geholt. Überdies hat sie eine sehr interessante Figur". Sie ist „versprochen und noch klüger als ich". (II, 518)

An seine Mutter schreibt er nach drei Wochen: „Ich bin jetzt gerade Herr im Hause. Der Major ist verreist, und die gnädige Frau noch in Jena. Die Briefe, die sie mir schreibt, zeugen von ebenso vielem Verstande, als Herzensgüte. Ich lebe ganz ohne Zwang, den Etikette und Stolz sonst einem auferlegt in meiner Lage." (II, 519)

Man kann versuchen, sich die Situation vorzustellen. Das Schloss kenne ich nur von einem Foto aus Adolf Becks Chronologie von Hölderlins Leben. Es ist eine von weitem fotografierte Aufnahme und zeigt ein großes weißes burgartiges Gebäude, zweistöckig mit einer möglichen Mansarde darüber und vier runden Wachtürmen an jeder Ecke. So stellt man sich vielleicht ein Lustschloss vor. Neben dem Gebäude steht eine kleine weiße Kapelle mit einem Glockenturm. Hölderlin, Kant-Schüler, wollte den neunjährigen Fritz, den Sohn Charlottes, „zum Bewusstsein seiner sittlichen Freiheit" bringen. Es gab dazu den Aufsatz eines Pädagogik-Professors, der sich, wohl zu Recht, darüber aufregte. Aber der vierundzwanzigjährige Magister der Theologie orientierte sich an Schiller und auch an Rousseau und versuchte mit Freundschaft, „der unschuldigsten, die ich kenne, meinen Zögling zum Menschen zu bilden". (II, 524) Also fast drei Monate allein mit der Gesellschafterin, dem Personal und dem Zögling in diesem einsam gelegenen Schloss. Hölderlin und Wilhelmine Marianne Kirms werden sich mit Sicherheit nähergekommen sein. Peter Härtling hat es zwei Jahrhunderte später ein wenig drastisch beschrieben. Worüber werden sie gesprochen haben? Die neueste Schrift von Kant, die sie sich bei ihm „geholt" hatte, war 1793 erschienen. Es war die Schrift „Die Religion innerhalb der Grenzen der bloßen Vernunft". Ein Gespräch darüber könnte ungefähr so abgelaufen sein:

Wilhelmine: „Die Gedanken aus dieser gewundenen Prosa herauszuwickeln ist nicht leicht."

„Besser und klarer als alles, was ich sonst kenne", sagte Hölderlin, „das Buch ist druckfrisch. Und es stimmt schon der erste Satz: Die Moral bedarf für sich selbst keineswegs der Religion. Moral ist die Idee eines machthabenden höchsten Gutes außerhalb des Menschen."

„Das ist ja wieder Metaphysik!", sagte Wilhelmine.

„Dem steht entgegen, dass, wie Kant in der Schrift sagt, der Mensch von Natur aus böse und schwach ist."

„Aber wir haben doch die Tugend, die das in uns befindliche Böse bekämpfen kann", antwortete Wilhelmine.

„Das Böse ist ein unsichtbarer, sich hinter Vernunft verbergender Feind. – Gegen dieses Prinzip hilft nur das vernünftige Weltwesen überhaupt, für die einfachen Menschen personifiziert im Sohne Gottes. Diese Idee liegt in unserer moralisch gesetzgebenden Vernunft."

„Das ist mir zu hoch", sagte Wilhelmine.

„Kein Wunder", sagte Hölderlin, „denn durch sie bekommt man seinen moralischen Unglauben."

„Werden denn deine sittlichen Grundsätze nicht auch durch mich angefochten?" fragte Wilhelmine.

„Ich will mehr", sagte Hölderlin, „ich will nicht nur Kurzweil! Das Böse kann überwunden werden durch die Tugend inmitten des Staates, des Reiches Gottes auf Erden. – In seinem gefahrvollen Zustand ist aber der Mensch durch eigene Schuld. Auch durch andere Menschen, die ihn umgeben."

„Du bist so, wie du bist", sagte Wilhelmine, „ein Ausnahmemensch. Ich dachte schon oft, du müsstest anders werden."

„Die Tugendgesellschaft kann auch mitten in einem anderen politischen Gemeinwesen entstehen und es auflösen. Da aber die menschliche Natur zu schwach ist, muss sich dieses Tugendsystem hinter einem Offenbarungsglauben verstecken."

„So weit wird es nie kommen", sagte Wilhelmine und begann sich auszuziehen.

„Dann aber ist das Reich Gottes zu uns gekommen", sagte Hölderlin, ohne auf sie zu achten, „nur der christliche Glaube eignet sich zur Vernunftreligion, und seine Zeit ist jetzt!"

„Du verstehst Kant besser als ich", sagte Wilhelmine, „Kirchenglaube, so wie er gerade besteht, ist Fetischdienst, da hat Kant Recht, und ebenso das, was die Eremiten, Fakire oder Mönche machen. So habe ich Kant verstanden."

„Pfaffentum ist die usurpierte Herrschaft über die Gemüter", erwiderte Hölderlin.

„Komm her", sagte Wilhelmine, „wenn Frau von Kalb zurückkommt, wird es schwer. Priester können auch nicht im ausschließlichen Besitz der Gnadenmittel sein. Diese besitzt nur mein Körper und meine schuldige Seele."

Man sieht, dass in dieses Gespräch Kants Schrift und winzige Elemente aus einem frühen Fragment des Hyperion eingeflossen sind, so wie es Schiller in seiner Zeitschrift Thalia abgedruckt hat. Hölderlin schrieb es im schön gelegenen Schloss Waltershausen, mitten in der Beziehung zu Wilhelmine Kirms, die durch ihre Beziehung mit Hölderlin vielleicht in die Literatur eingegangen ist. Natürlich hat Hölderlin das, was sich damals zugetragen hat, in seine Sprache transformiert. Allein um die Wilhelmine-Episode zu verarbeiten. Möglicherweise hat Hölderlin Momente aus seinem Zusammensein mit Wilhelmine im Fragment zum Teil wörtlich ausgedrückt. Natürlich in die griechische Szenerie verkleidet, aber doch erahnbar für den, der sich mit Hölderlin beschäftigt hat. Wilhelmine muss sein Anderssein gespürt und erlebt haben, und die gemeinsame Auseinandersetzung mit Kant wird sie nur vorübergehend aneinander gebunden haben. Wenn Wilhelmines Bitte um „den neuesten Kant" nicht ein Vorwand zur Kontaktaufnahme war. Hölderlin muss von seinem ersten wirklichen Liebesverhältnis körperlich und geistig völlig überwältigt gewesen sein: „Die Priesterin der Liebe, wie aus Licht und Duft gewebt." Aber: „Je höher sich die Natur erhebt über das Tierische, desto größer die Gefahr zu verschmachten im Lande der Vergänglichkeit!" (I, 491) – Das Tierische und das Hohe zu verbinden ... Warum versuchte er überhaupt, dem Tierischen einen Beigeschmack des Hohen zu geben? Goethe war ihm da überhaupt kein Vorbild. Er war Hölderlin, mit einer Willenskraft und einem Stolz, wie ihn nicht einmal ein Spanier haben würde.

In dieser Nacht hatte Hölderlin vielleicht einen Traum, der ihm zeigte, mit welch einer Kraft ihn Wilhelmine, zumindest in der Anfangszeit, beherrschte. Er träumte von einem

Wanddurchbruch in der Küche seiner Mutter. Der Durchbruch war geglückt. Alles wirkte viel geräumiger. Große Flächen der alten Fenster waren weg. Im Raum machten sich Helfer zu schaffen, auch sein Vater, den man aber nicht sah. Auch Wilhelmine stand dabei. Sie wollten alle zusammen essen, und in der lockeren Gruppe achtete man darauf, dass Hölderlin und Wilhelmine sich nicht zu nahe kamen. Gok, sein zweiter Vater, zeigte ihnen einen Zaundurchlass zum nächsten Gastwirt. Wilhelmine entdeckte eine Zaunlücke, sprang hinein und war weg. Sie gingen gemeinsam in die wie mit Holz verkleidete Schänke hinein. Drinnen ist es voll, die Leute, die auf den Bänken sitzen, singen geistliche Lieder. Neben Hölderlin sitzt Charlotte von Kalb, die er noch gar nicht kennt und macht Bemerkungen. Hölderlin sagt: „Mit Wilhelmine kann ich nicht mithalten!" Plötzlich verschwindet Hölderlin durch eine Seitentür und sagt den Zurückgebliebenen: „Ich hole jetzt meine Kutsche!"

Gemeinsam mit Fritz und Wilhelmine machte Hölderlin „Exkursionen nach Königshofen, einer Stadt im Württembergischen zwei Stunden von hier, um Landsleute und Universitätsfreunde zu treffen". (II, 519)

Hölderlin schreibt an seine Großmutter in Nürtingen: „Das Örtchen, wo ich jetzt lebe, ist zwar etwas entfernt von Städten und ihren Neuigkeiten und Torheiten, aber seine Lage ist sehr angenehm, und das Schloss steht auf einem schönen Hügel des Tals." (II, 520) Er schreibt auch, dass er Anfang der nächsten Woche „wieder einmal die Kanzel betreten", also im Dorf predigen würde. – Über Wilhelmine gibt es wenig Briefzeugnisse, wie über die vielen, die in dieser Zeit nicht „im Lichte" waren. Tatsache ist aber, dass sich zwischen beiden, Hölderlin und Wilhelmine, etwas abgespielt haben muss. Denn 1797, da war Hölderlin schon Hauslehrer bei der Familie Gontard in Frankfurt, schrieb der Kaufmann Schwendler, weitläufig verwandt mit Charlotte von Kalbs Familie am 2. April 1797, er habe in Frankfurt auf einem Konzert Hölderlin getroffen und mit ihm gesprochen, „nur nicht von der Kirms. Ich glaube ohnedies, dass er mich vielleicht, wenn er vermutet, dass ich etwas davon weiß, lieber zehn Meilen weiter gewünscht hat. Ein hübscher Mann ist es. Ich wünschte selbst gern zu wissen, wie er jetzt wegen der Kirms gestimmt ist, möchte aber nicht gerade zu ihm sagen, dass ich davon weiß." (Hölderlin Jahrbuch 10, S. 48)

Wilhelmine Kirms war die Tochter des Webersohns Traugott Kemter und von ihrer Mutter her eine Nichte des berühmten Generals Adolf von Thielemann. Am 21. Mai 1772 wurde sie in Meißen geboren. – Wie sie an den 1746 geborenen Kammersekretär Karl Friedrich Gottlieb Kirms in Weimar kam, weiß man nicht. Vielleicht stand Schiller Pate, der ja auch die beiden Hauslehrer Münch und Hölderlin vermittelt hatte und auch die Verbindung zwischen Wilhelmine und Charlotte von Kalb hergestellt haben könnte. Traugott Kirms' Vetter Franz Kirms war Goethes Zuarbeiter und seine rechte Hand in Theaterangelegenheiten. Es gab also schon Nähe zu den Großen in Weimar. Kirms' Tod im Jahr 1793 kam der Scheidung zuvor. Über sein Erbe war es zum Prozeß gekommen, und Wilhelmine, die nur gewollt hatte, dass sie in dieser Ehe „leidlicher gehalten würde", erstritt sich mit einer sprachlich sehr geschickten Eingabe 1738 Reichstaler aus dem Erbe. Davon konnte man damals ein paar Jahre leben. Sie war also erst einmal unabhängig, und vielleicht war sie eine Frau, die einfach ihren Weg gehen würde, wie ihr späteres Schicksal beweist. Der Pfarrer von Waltershausen, wo sie am 30. April 1794 Patin eines Dorfkindes war, schrieb in sein Taufbuch: „Sie gehört unter die vorzüglichen Personen ihres Geschlechts." (HJb 10, S. 51) Hölderlin war attraktiv, breitschultrig, so steht es in seinem französischen Pass, als er später nach Bordeaux reist, gebildet (Magister der Theologie) und schrieb sich immer noch Briefe mit seiner ehemaligen Tübinger Liebe Elise Lebret. Doch scheint diese nach der Begegnung Hölderlins mit Wilhelmine in den Hintergrund getreten zu sein. Denn Hölderlin schrieb an seinen Freund Neuffer am

19. Januar 1795 aus Jena, da war er schon nicht mehr im Fränkischen: „In Waltershausen hatte ich im Hause eine Freundin, die ich ungern verlor, eine junge Witwe aus Dresden, die jetzt in Meinungen Gouvernante ist. Sie ist ein äußerst verständiges, festes und gutes Weib, und sehr unglücklich durch eine schlechte Mutter. Es wird dich interessieren, was ich dir einmal mehr von ihr sage, und ihrem Schicksal." (II, 567)

2. Romane, Capricen und wieder die Philosophie

Dafür, dass die „interessante Figur" Wilhelmines Hölderlin nicht gleichgültig gelassen hat, spricht das Kantsche Motto vor seiner Hymne an die Schönheit: „Die Natur in ihren schönen Formen spricht figürlich zu uns, und die Auslegung ihrer Chiffernschrift ist uns im moralischen Gefühl verliehen." (I, 223)

Sein Tag in Waltershausen verlief gleichförmig. Morgens zwischen sieben und acht Uhr bekommt er seinen Kaffee aufs Zimmer, „wo ich dann mir selbst leben kann bis neun Uhr. Von neun bis elf gebe ich Unterricht. Nach zwölf wird zu Mittag gespeist. (…) Von drei bis fünf Uhr geb' ich wieder Unterricht. Die übrige Zeit ist mein." Und er vergaß „den Neckar-Wein leicht bei dem trefflichen Biere". (II, 515) Er kann die Pferde des Majors benutzen, „wann ich will". – Er reist zwischendurch nach Nürnberg, lernt „in der Lesegesellschaft (so nannte man damals die Bibliotheken) und auf einem Lusthause sehr kultivierte Menschen kennen". (II, 516) Die Abende wird er, jedenfalls bevor Charlotte von Kalb aus Jena und Weimar zurückkam, hauptsächlich mit dem Major, aber auch mit Wilhelmine verbracht haben. Worüber werden sie sich an ihren Abenden unterhalten haben?

„Hast du Heinses ‚Ardinghello' gelesen?" wird sie gefragt haben. Und er antwortet: „Wie er den Mörder seines Vaters tötet und sich auf einer zufälligen Hochzeitsgesellschaft in die Freundin der Braut verliebt. Dann in Rom: Die Liebesfeste und die Streitgespräche über Kunst und die Antike. Das ist jetzt in der Philosophie gerade mein Metier. Und die Fiordimona! Hetären haben mich schon immer angezogen, es sind Mütter mit vielen

Männern. Und einen Staat Utopia will ich auch errichten, wie Ardinghello in seinem Roman. Ich nenne ihn Reich Gottes. Später will ich dir mehr davon erzählen. Mein Weg dorthin aber führt mich durch die Philosophie."

„Ich finde Wielands ‚Agathon'-Roman schöner", erwidert sie, „ich finde es schön, dass Agathon in dem Roman geläutert wird. Die neuerliche Begegnung mit der Jugendliebe. Die Hetäre Danaä. Ich will dir die Tugendhafte und Seelenvolle gar nicht erst vorspielen. Ich war immerhin schon einmal, ganz jung, verheiratet. Hofintrigen wie die der Kleonissa, gehören in jeden Roman. Mit meiner Beichte habe ich auch hoffentlich deine selbstlose Freundschaft gewonnen, wie Agathon die seiner einstigen Geliebten Chariklea."

„Ich werde einen viel besseren Roman schreiben als ‚Ardinghello' und ‚Agathon'", sagte Hölderlin. „In die ersten Blätter werde ich das, was zwischen uns geschieht, hineinpacken. Aber hinter allem wird die Philosophie stehen, die griechische und die deutsche! Ich bin rückhaltlos gründlich, und bevor ich etwas schreibe, studiere ich erst den Stoff, dann erst lege ich die Feder an. Meine Phantasie ist nicht feuerlos, nur etwas wild. Sie zittert, wenn ein Gedanke sie anzieht."

„Gegen diese Capricen muss man kämpfen", sagte Wilhelmine.

„Dagegen habe ich was", sagte Hölderlin, „das sukzessive Leidenlernen ist der Sinn der eigenen Existenz. Was zwischen uns ist, wird getragen von vollkommener gegenseitiger Aufrichtigkeit, und was ereignet sich dafür besser als das Tierische."

„Was hast du eigentlich gelernt oben im Stift?" fragte Wilhelmine.

„Kant", sagte er, „objektive Erkenntnis ist unmöglich. Wir sind gefangen in unserem ratiomorphen Apparat. Raum und Zeit sind nicht in der Welt, sie kommen von uns, und außerhalb der Verstandeskategorien kann man nur im Traum denken! – Hier war man zu Anfang orthodox, und als Kant bewiesen hat, dass man mit sprachlichen Mitteln Gott sowohl beweisen als auch widerlegen kann, war es mit dem Dogmatismus vorbei. Kant hatte in der Kritik der reinen Vernunft, die schon 1781 herauskam, gesagt, dass Sätze, die vor aller Erfahrung kamen, wie zum Beispiel die Sätze der Mathematik, nur möglich sind, weil der Verstand, vor aller Erfahrung, Raum und Zeit und dann die Kategorien zugrundegelegt hat."

Hier kommt ein kleiner Exkurs. Heute weiß man, dass die Sätze der Mathematik Tautologien und ihre Axiome willkürliche Setzungen sind. Das haben in den vierziger Jahren des 20. Jahrhunderts die englischen Analytiker nachgewiesen. Überdies arbeiten alle diese Philosophen mit Sprache. Und wenn sie übereinander schrieben, dann mit Sprache über Sprache. Das führte in Paradoxien, so dass sie gegenseitig ihre Systeme immer wieder angreifen konnten. Eins und eins ergibt zwei. Aber wenn man das Rechnen nicht an Äpfeln und Birnen, sondern an zusammenfließenden Flüssen gelernt hat, ergibt eins und eins immer eins. Und auch damit könnte man rechnen. Die Dinge an sich waren unerkennbar. Wir sind in unserem Wahrnehmungssystem gefangen. Das sollte Hölderlin und seinen Freunden Hegel und Schelling später nicht mehr genügen. Und während Kant mit seiner Transzendentalen Ästhetik meditative und mit der Transzendentalen Logik und Analytik fast unangreifbare Ergebnisse erhalten hatte, hatten die Theorien seiner Nachdenker doch etwas Gewaltsames. Hölderlin wusste: Kant war nicht allein Begriffsphilosophie. Die Erkenntnisse seiner Philosophie stellten sich ganz langsam ein, wenn man die Lektüre der Kritik der reinen Vernunft lange hinter sich hatte. Diese Erziehung hatte Hölderlin also hinter sich. Und er war so selbstbewusst, dass er, noch in Tübingen, einem Lehrer, der ihn nicht hatte grüßen wollen, den Hut vom Kopf schlug. Ob er je vom Pietismus weggekommen ist mit seiner Vereinigungsphilosophie und dem „Reich Gottes" auf Erden? Hölderlin meinte damit keine Utopie. Er wollte sein Reich Gottes in einer Volksherrschaft,

wie sie die Französische Revolution forderte, genauso wie seine
Freunde Hegel und Schelling, später dann Fichte.

Charlotte von Kalb kam Mitte März 1794 aus Weimar
zurück, und sie wird sich gewundert haben, dass sie ihren schönen und gelehrten Hauslehrer zunächst einmal an Wilhelmine Kirms verloren hatte. Aber sie war keine Frau, die schnell
aufgab, schließlich war sie mit Schiller, Goethe, Herder und
Wieland befreundet. Ihre ungewöhnliche Persönlichkeit muss
eine ganz andere Atmosphäre ins Schloss gebracht haben. Als
junge Frau noch durch die damalige Modefrisur à la Rhinozeros
entstellt, blickt sie uns als Erwachsene auf Tischbeins Porträt-
gemälde, einen Reif im langen Haar, verträumt, fast schwärme-
risch an. Sie stellte schnell eine andere, neue Beziehung zu Hölderlin her, eine geistige Beziehung. Sie hatte sicher erkannt, dass
dieser junge Mann begabt war und hohen Zielen nachstrebte.
Und war die letzte, die bürgerliche oder moralische Vorurteile
abgab oder hätte abgeben können. Sie hatte diese Liaison mit
Schiller gehabt, und ein paar Jahre später, nachdem sie auch Jean
Paul, wie zuvor Schiller, in die Adelsgesellschaft von Weimar
eingeführt hatte, legte ihr Mann sich eine Geliebte zu, mit der
er auch Kinder hatte. Charlotte von Kalb trat Hölderlin gegenüber als Majorin und Herrin des Schlosses Waltershausen. Aber
sie wusste, dass durch die Winkelzüge und Transaktionen ihres
Mannes, besonders seines Bruders, des Präsidenten von Kalb,
der Besitz des Schlosses und ihre gesamte finanzielle Zukunft
gefährdet war. Auch Wieland und Bertuch, der Weimarische
Chatullier des Herzogs Carl August, machten bei den Sali-
nen- und Bergwerkstransaktionen der Brüder Kalb mit. Aber
Hölderlin schrieb an Hegel am 10. Juli 1794: „Dagegen leb' ich
im Kreise eines seltenen, nach Umfang und Tiefe und Feinheit
und Gewandtheit ungewöhnlichen Geistes. Eine Frau von Kalb
wirst du schwerlich finden in deinem Bern. Es müsste dir sehr
wohl sein, an diesem Strahle dich zu sonnen." (II, 541) – Da ist

also wieder eine Beziehung, mit der Charlotte von Kalb, selber außergewöhnlich, außergewöhnliche Männer an sich zog.

Als sie ihn, gleich nach ihrer Rückkunft aus Jena, nach seinem Werdegang fragte, gab er zur Antwort: „Ich ging den vorgeschriebenen Weg mit allem Fleiß durch und nahm mir daneben auch noch Zeit für meine Dichtung. Ich wurde Baccalaureus, durchlief meine vier philosophischen Semester und machte dann meinen Magister. Das ist fast so viel wie ein Doktor. Zusammen mit meinen Freunden Fink, Hegel und Auenrieth verteidigte ich die Dissertation von Professor Böck. Wir standen mit zwanzig anderen Kandidaten für Stunden auf dem Katheder, aneinandergereiht wie Ruderknechte. Daneben schrieb ich noch zwei Specissimi. Ich lehnte mich an Jacobi und Hemsterhuis an, den ich immer mehr zu schätzen gelernt hatte. Winkelmann war in der griechischen Kunst mein Leitstern. Es waren Studentenarbeiten, die mit dem Grundgefühl meines Daseins, zu dem der Verstand nie vordringt, nichts zu tun hatten. Ich war damals aber immer auch Christ, obwohl ich mich schon mit Spinoza befasste, ‚ein großer edler Mann aus dem vorigen Jahrhundert und doch Gottesleugner nach strengen Begriffen. Ich fand, dass man, wenn man genau prüft, mit der Vernunft, der kalten vom Herzen verlassenen Vernunft, auf seine Ideen kommen muss, wenn man nämlich alles erklären will'. (II, 468) – Und jetzt bin ich hier, damit mich das Konsistorium nicht beim Kragen kriegt und ich Pfarrer werden muss."

„Schiller musste auch Arzt werden, obwohl er es gar nicht wollte", antwortete Charlotte von Kalb.

So freundlich Charlotte von Kalb zu ihm war, er wusste nicht, dass Schiller über sie geschrieben hatte: „Dass sie so viel mit dem Kopf hat tun wollen, was man nur mit dem Herzen tun kann. Ihr lauernder Verstand, ihre prüfende kalte Klugheit, der auch die zärtesten Gefühle, ihre eigenen sowohl als fremde, zerschneidet, fordert einen immer auf, auf der Hut zu sein." (nach Naumann, 141) Hölderlin mochte sie, aber sie war seine

Arbeitgeberin, und er wusste, dass der Mann, der vor ihm die Hofmeisterstelle bekommen sollte, er hieß Adlerskron, gesagt hatte, „dass sie sehr klug ist, nur zu viele weibliche List, Eitelkeit und feine Verstellungskunst hat (…) äußerst viele Güte des Herzens und beinahe männlichen Stolz". (ebd., 168) Sie sagt zu Hölderlin: „Die Liebe und die Tugend ist eine Schöpfung aus dem Nichts!" (ebd., 93)

Sie war die einzige ungewöhnliche intellektuelle Frau, mit der Hölderlin es im Leben zu tun bekam. Sie hatte hohe Ideale, wie Hölderlin selbst. Die Atmosphäre in den ersten Monaten in Waltershausen war ruhig und meditativ, wurde aber in der zweiten Jahreshälfte immer stickiger. Hölderlin hatte weiterhin eine Beziehung mit Wilhelmine, und diese las auch bei den Gesellschaftsabenden im Herrenzimmer vor. Aber da war immer noch Frau von Kalb, dreiunddreißig Jahre alt, die auch einen Blick auf den jungen Magister der Theologie geworfen haben könnte, aber einen hohen Blick hatte und zu vorsichtig war, dem was sich zwischen Hölderlin und Wilhelmine angesponnen hatte, entgegenzutreten. Hölderlin versuchte die Beziehung zu verarbeiten. Schon im April 1794 schrieb er aus Waltershausen an seinen Freund Neuffer: „Mich beschäftigt jetzt beinahe einzig mein Roman. Ich meine jetzt mehr Einheit im Plane zu haben; auch dünkt mir das Ganze tiefer in den Menschen hineinzugehen." (II, 523) Sein „Roman" wurde der im Entstehen begriffene Hyperion. „Tiefer in den Menschen hineinzugehen", meint Selbstheilung durch Aufschreiben dessen, was geschehen war. Im griechischen Gewand. Und er schreibt im gleichen Brief an Neuffer: „Ideen und Individuen, die mich damals interessierten, haben ihre Bedeutung für mich verloren." (II, 522)

Man könnte versuchen, im Stil eines historischen Romans, die Atmosphäre in Waltershausen zu rekonstruieren. Aber man kann dabei nur Vermutungen äußern und die Briefe lesen. Über Charlotte hatte es im Brief an Schiller vom April 1794 geheißen: „Die seltene Energie des Geistes, die ich an der Frau von

Kalb bewundere, soll, wie ich hoffe, dem Meinigen aufhelfen, um so mehr, da alles beiträgt, mich zu heiterer Tätigkeit zu stimmen. Könnt ich doch die mütterlichen Hoffnungen dieser edlen Dame realisieren! Sie ist seit einer Woche hier." (II, 526)

In diesem April wurde schon der Entschluss gefasst, mit Charlotte von Kalb und seinem Zögling Fritz im nächsten Winter nach Weimar zu gehen. Was war mit Wilhelmine? Sie wird mit keinem Wort mehr erwähnt. Hölderlin muss die Affäre mit dem „guten und festen Weib" ernst genommen haben. – „Das ich ungern verlor …" Es muss etwas passiert sein. Vielleicht war es der Versuch der Charlotte von Kalb, die immer enger werdende Hausgemeinschaft aufzulösen und Hölderlin in Jena in einen Zirkel zu bringen, wo er seine und auch ihre hohen Ideen realisieren konnte.

3. Seelentausch. Ich und Nicht-Ich

Die Zeit geht weiter. Wilhelmine kommt weiterhin nicht vor. Aber Hölderlin bittet seine Mutter, für die Frau von Kalb sechs Maße Kirschengeist zu besorgen. Gab es Bedarf an Alkohol? Vielleicht war es ja auch die viel gerühmte Geschäftstüchtigkeit Charlottes, und sie wollte den Kirschengeist verkaufen oder verschenken. Zweimal musste Hölderlin seine Mutter daran erinnern. Seine Mutter hatte ihm wieder eine Pfarrei angeboten, denn er schreibt ihr: „Ich kann und mag jetzt nicht wohl an eine Veränderung meiner Lage denken." (II, 531) Ob auch der Gedanke an die Beziehung zu Wilhelmine dahintersteckt? Hölderlin hat also eng mit ihr und der unglaublich geistreichen und in der Literaturszene umtriebigen Charlotte von Kalb, deren ungeliebtem Mann, dem Zögling Fritz und dem Personal, aber wo blieb Wilhelmine, zusammengelebt. Seine Briefe jedenfalls, im April 1794 strahlen Heiterkeit aus: „Ich bin glücklich, wenn es Ihnen und den lieben Meinigen allen so gut geht wie mir" schreibt er an seine Mutter. (II, 527) Aber in der zweiten Jahreshälfte muss etwas eingetreten sein, was sich am Verhalten des Jungen ablesen lässt. – Charlotte und ihr Mann! – Hölderlin und Wilhelmine! – Gab es Wahlverwandtschaften? – Dieses Buch erschien erst 1809!

„Erzähl mir etwas von deiner Philosophie, ich bin nur klug und schön, aber nicht gebildet!" wird Wilhelmine gesagt haben.

„Was die Philosophie seit zweitausend Jahren weiß", kann man Hölderlins Antwort fingieren, „hat Kant nur in ein Begriffskleid gebracht, aber du darfst ihn um Gottes Willen nicht als Begriffsphilosoph verstehen. Er meditiert mit großem Wissen und bringt dann seine intellectualen Anschauungen in Begriffe. Anders kann man die Philosophie unserer Zeit nicht von etwas Neuem überzeugen. Von Platon weiß fast jeder etwas. Und vor Kant hat das schon der 1790 gestorbene Frans Hemsterhuis getan. Er hat auf andere Wirklichkeitszugänge, die Ebenbürtigkeit von Intuition und Ratio, hingewiesen.

„Da kann ich mit", sagte Wilhelmine, „aber wie erklärt er das, was zwischen dir und mir abläuft? – Ich weiß, dass Mann und Weib in Vorzeiten mal eine einzige zwitterhafte Einheit waren und dann von Gott geteilt wurden. Die Zuneigung zwischen beiden erklärt Platon damit, dass jeder der beiden Teile zur ursprünglichen Einheit zurück will."

„Ich habe das ein paarmal erlebt", sagte Hölderlin, „einmal in Maulbronn mit Louise Nast, dann in Tübingen mit Elise Lebret. Für beide habe ich Gedichte geschrieben. Die erstere verabschiedete ich, als ich von Maulbronn wegging, die zweite zieht sich hin bis heute. Du siehst ja, dass ich alle zwei Wochen einen Brief von ihr bekomme, und jetzt will sie mir über ihren Vater, den Universitätskanzler, eine Pfarrerstelle zukommen lassen. Natürlich um mich zu heiraten. Aber mein Liebeskram ist vorbei, auch wohl durch dich. – Ich habe übrigens auch keine Lust, auf diese Weise in die bürgerliche Welt einzutreten. Ich kann nicht wünschen, mein eigenes Verhältnis zu ihr enger geknüpft zu haben."

Elise, sie war die ausdauerndste der Frauen um Hölderlin und auch die rätselhafte, weil es von ihr keine Briefe gibt. Es gab wohl mehrere Bewerber, die Elise gegeneinander auszuspielen versuchte. „Ich bin zum Stoiker ewig verdorben", schreibt Hölderlin an seinen Freund Neuffer. (II, 461) Hölderlins Liebesereignisse waren Zeit seines Lebens wertverbunden gewesen. Elise Lebret heiratete 1799 den Pfarrer W. Fr. Ostertag. Sie hatte auch bei Hölderlin praktisch gedacht.

Ich erzähle erst einmal, was in dieser Geschichte nicht erzählt wird. Was sich in diesen zehn Monaten, die Hölderlin auf

Schloss Waltershausen weilte, getan hat und was man gedacht hat. Seine Briefe sind klar und geben Einblick in seine Seele, aber er verbarg auch viel. Die Lösung liegt wohl im Thalia-Fragment, das Hölderlin Anfang September 1794 an Schiller gesandt hat. Anfang November 1794 erschien es in Schillers Almanach. Hölderlin sah sein gedrucktes Werk zum ersten Mal bei einem Besuch bei Schiller. Goethe stand im Raum neben ihm, blätterte in Hölderlins Text, und Hölderlin erkannte ihn nicht. Hölderlin sah in diesem Nichterkennen die Tragik seines Lebens. Hölderlins Beziehung zu Fritz bleibt merkwürdigerweise bis Anfang Oktober 1794 gut. Dann bezeichnet Charlotte Hölderlin in einem Brief an Schiller als „sehr empfindlich" und „etwas überspannt". In den letzten zwei Monaten des Jahres 1794 trübt sich die Beziehung zwischen Fritz und Hölderlin.

„Aber mit uns! – Was ist mit uns?" wird Wilhelmine gefragt haben. „Was steht in dem, was du schreibst?"

„Ich habe einen kurzen Briefroman geschrieben", könnte Hölderlin geantwortet haben, „in dem habe ich unser Verhältnis festgemacht. Es sind vier Briefe aus verschiedenen Orten Griechenlands. Erst der fünfte und letzte kommt aus der Gegenwart. Eine Handlung gibt es nicht. Die Briefe zeichnen die Innenwelt Hyperions, der sich von seiner geliebten Melite trennt. Er war körperlich und seelisch von ihr abhängig geworden. Melite verabschiedet sich ins Wesenslose, Ersatz findet Hyperion in der Natur und in der Lebensfülle des Alls."

„Ich hab' dir doch viel gegeben", sagt Wilhelmine.

„Seelentausch", sagt Hölderlin, „Platon, so wie ich ihn bei dem Renaissancephilosophen Marsilio Ficino kennengelernt habe. Der Lichtglanz der Gottheit, der aus dem schönen Körper zurückstrahlt, zwingt die Liebenden zur Bewunderung und scheuer Verehrung der geliebten Person. Häufig kommt es auch vor, dass der Liebende ganz in das geliebte Wesen überzugehen wünscht. – Die Liebe nennt Platon etwas Bitteres, und nicht zu Unrecht. Durch die Liebe stirbt ein jeder, weil sein Dasein in der geliebten Person weilt. Wer einen anderen liebt und von diesem nicht wiedergeliebt wird, lebt nirgends. Indem ich dich liebe, finde ich mich in dir wieder. (Ficino, 59-69)

„Mein Gott", sagte Wilhelmine, „so wie wir damals über Kant gesprochen haben, sind das ja ganz neue Sätze. Du musst anders werden", fuhr sie fort. Mit Charlotte von Kalb hatte er sich anders unterhalten.

Ungefähr ab Mitte August 1794 hatte Fichte Charlotte die wöchentlich erscheinenden Vorlesungen seiner „Wissenschafts-lehre" geschickt. Sie las das Manuskript, erzählte Hölderlin davon, und er las es auch. Dann sprach er mit Wilhelmine dar-über. Für Kant war die Außenwelt als Ding an sich (noumenon) unerkennbar. Die Apriorität, die wir auf die Außenwelt projizie-ren, kommt von uns selbst (Raum, Zeit, Kategorien). Fichte aber sagt, vor aller Apriorität komme immer noch das Ich, das diese Apriotität ja haben muss, um zu erkennen. Die Außenwelt wird von mir, da alle Realität im Ich ist, nur gesetzt. Sie ist für mich das Nicht-Ich. Die Kluft zwischen Ich und Nicht-Ich kann nur durch die Tat, durch mein Wollen überwunden werden. „Ich habe in Tübingen auch mit Schelling gesprochen", fuhr Hölder-lin weiter fort, „dessen Gedanken führen Fichtes Philosophie weiter. Aber sobald etwas durch die Wortmühle gedreht wird, bedeutet es etwas anderes! – Die Phänomene sind doch nicht erklärt, wenn man sie mit einem Wort bezeichnet."

„Du bist, trotz all deiner Klugheit, von einer frommen Wehr-losigkeit", sagte Wilhelmine.

„Ich bin immer Hölderlin geblieben", antwortete dieser, „ich habe keinem Philosophen mehr Einfluss auf mich eingeräumt, als mir selbst. Ich habe bisher alle zu übersteigen versucht. Ich habe durch Kant und Fichte auch keinen Naturverlust erlitten. Ich habe mich mit den Philosophen auch beschäftigt, um mich mit meinem Romanprojekt auf der Höhe der Zeit zu befin-den. Ich weiß, was ich kann und auch, was ich der Philosophie verdanke. Ich siedelte meine Menschen im Griechentum des deutschen Idealismus an. – Was Kant nicht gewusst hat: Er hat den Weg wieder freigemacht für Platon, Ficino und Hemsterhuis. – Ich habe mich durch Fichtes Rigorismus nicht aus der Bahn werfen lassen wie so mancher andere."

„Das Kind wird komisch", wechselte Wilhelmine nun das Thema, „es hat ein Übel und zeigt sich mir dabei. Das fing an, nachdem die Majorin sich enger an dich angeschlossen hat. – Das vergiftet hier natürlich die Atmosphäre. Aber solange ich kann, bleibe ich bei dir." Hölderlin überlegte, ob er, völlig ohne Welterfahrung, sich in eine Ehe mit Wilhelmine einlassen sollte. Warum brauche ich für das, was ich tue, eine philosophische Begründung? dachte er. Er antwortete sich selbst vielleicht so: Weil die orthodoxe Theologie sie mir nicht gibt und die kantische Philosophie sie auflöst und Fichte den Voluntarismus an ihre Stelle setzt. Es ist schon merkwürdig, dass die Philosophen und Philologen, die in der Metaphysik nicht weiter kommen, nach Kant auch nicht weiterkommen konnten, die Lösung in der Dichtung suchen. Wohlgemerkt, ich befinde mich im Bereich der Philosophie. Hat das mit mir überhaupt etwas zu tun? Kann ich mein Ich mit den Wörtern der Philosophie überhaupt ausdrücken? Der vernünftige, aber auch meditative Kant hat viele Unvernünftige und Begriffsklitterer hervorgebracht, die die Essenz der Kritik der reinen Vernunft nicht verstanden haben. Vielleicht konnte Goethe deshalb nicht vom Geist zur Natur gehen, sondern musste von der Natur zum Geist gehen. Vielleicht zu seinem Glück. Ich weiß auch, dass schon Wilhelm von Ockham mit seinem Nominalismus die Begriffssysteme als von uns konstruiert gesehen hat.

Wenn Denken oder Politik in die Ästhetik mündet, ist es immer Idee. Das „Reich Gottes", in der Schönheit verkörpert, soll sich in der politischen Realität verwirklichen. Das Nichts umweht uns. Aber ich kämpfe gegen diesen Abgrund. Meine hermetische, mystische Vereinigungsphilosophie, an deren Endpunkt das Schöne, weil das Wahre, herrschen würde, ist auch

Flucht. Dass Menschen überhaupt glauben, in philosophischen Systemen Wahrheit zu finden … Aber was gibt es denn anderes in der Welt des Geistes? – Die Romane der Vielschreiber in den Bibliotheken und daneben Goethe oder Schiller. – Die Zeiten von Wieland, Heinse und Bouterwek sind fast vorbei, so haben die Französische Revolution, die napoleonischen Kriege und die Veränderungen Europas den Zeitgeist berührt. Ich bin einer jungen Frau begegnet, die sich, meines Aussehens und meiner Philosophie wegen, mit mir eingelassen hat, die aber selbst so „herrlich ist, dass sie meiner nicht bedurfte". (I, 496)

4. Noch einmal Fichte. Leben im Schloss und in Jena

Es muss sich bei Wilhelmine Kirms wirklich um eine geistvolle, originelle und gebildete Frau gehandelt haben. Eine andere hätte Charlotte von Kalb nicht um sich geduldet! Hölderlin hat versucht, die totale Vereinigung zu leben, erst mit Wilhelmine, dann als Hauslehrer in Frankfurt mit Susette Gontard, der Diotima seines Hyperions, der jungen Mutter dreier Kinder. Er wollte die Vereinigungsphilosophie bis zum Tode leben! – Was danach kam, interessierte ihn nicht mehr. Wie weit Hölderlin dabei gedacht hat, eröffnet sich uns erst heute.

In der Nacht nach dem Gespräch mit Wilhelmine könnte er geträumt haben, er streite sich mit ihr. Als er sich am Sonntagvormittag in einer verglasten, ovalen Kirche befand, ist diese voller Zuhörer, denen ein Regisseur die Maximen seiner Opernaufführung erklärt. Drinnen sind viele Menschen, und er überlegt, ob er hineingehen solle. Der Regisseur erinnert ihn an Neuffer. Dann sitzt er auf einer Kirchenbank, und Wilhelmine sitzt ihm gegenüber, plötzlich und eigentlich ungewollt. Es kommt wieder zum Streit. Er lässt sich provozieren und schreit. – Jetzt weiß er, dass es endgültig aus ist. – Ihm ist komisch zumute, denn es ist ja die endgültige Trennung. Warum musste man die Begründung für die eigene Subjektivität in der Philosophie suchen? Der Traum gab sie einem nicht, also die Philosophie! – Es war ein Traum ohne Deutung.

Die Wertschätzung in der Familie von Kalb für ihn scheint groß gewesen zu sein. Im April 1794 schreibt er an seine Mutter: „Ich finde überall, dass ein Prophet in seinem Vaterlande wenig gilt, und in der Ferne zu viel. Ich muss oft lachen, wenn ich daran denke, wie ich sonst so scheu und bescheiden war." (II, 529) – Er erlebt den Besuch des Herzogs von Meiningen im Schloss Waltershausen. Elise Lebret schreibt ihm weiter aus Tübingen. Ein Mensch ahnt eine neue Beziehung des Anderen über Meilen. Ob Wilhelmine immer mit dabei gewesen ist? Er übersetzt, denn „das Übersetzen ist immer eine heilsame Gymnastik für die Sprache". (II, 538) Der Junge wird Mitte Juli noch sehr gelobt. Hölderlin schreibt an die Mutter, dass er „etliche Tage" verreist, „es ist dies sehr nötig für mich", da sich sonst „leicht etwas Hypochondrie einnistet". (II, 543) Er macht seine Reisen ja fast immer zu Fuß, schreibt auch währenddessen viele Gedichte und Hymnen auf seine Schiefertafel. In freier Luft. Er ärgert sich darüber, dass Elise Lebret ihre Briefe vordatiert: „Ich kann so eine Falschheit nicht leiden." (II, 543) Und sagt seiner Mutter, dass er dadurch vor „neuer Torheit" gewarnt werde.

Fichtes „Wissenschaftslehre" fasziniert Hölderlin immer mehr. Aber er schreibt am 21. August 1794 an seinen Bruder, er wolle sich nicht „irre machen lassen von den Toren oder Bösewichtern, die unter dem Namen der Freigeisterei und des Freiheitschwindels einen denkenden Geist, ein Wesen, das seine Würde und Rechte in der Person der Menschheit hat, verdammen oder lächerlich machen" würde. (II, 545) Ich glaube, dass die außerordentliche, überfallartige Wirkung, die Fichte schon in Waltershausen auf ihn geübt hat, sich in dem Brief erkennen lässt. Hölderlin hat die Strecken metaphysischer Ich-Verarmung auf seinem Weg der Weltkonstruktion schnell überwunden. Er war zu klug, um nicht zu wissen, dass seine eigene Weltkonstruktion, nach der er in der Philosophie suchte, durch Fichte nicht möglich war. Wenn alle Realität im Ich war, konnte er von der Natur, die er so liebte, keine Absolution empfangen. Hölderlin war ein echter Denker, aber die Ergebnisse seines Denkens lieferte das Gedicht, „Töne, aus Erkenntnissen gewoben". (Michel, 144) Am 20. August 1794 schreibt Charlotte an Hölderlins Mutter: „Mein Mann und alle, die ihn kennen, schätzen ihn sehr." (III, 579)

Aber die Atmosphäre veränderte sich. Es war anders im Schloss. Aber selbst wenn Hölderlin und Wilhelmine nicht so nah beieinander gewesen wären, hätten sie sich in den nachtdunklen Räumen früher oder später über den Weg laufen müssen. – Noch im Oktober 1794 muss Hölderlins Kind empfangen worden sein, also kurz vor der Abreise der Familie nach Jena. Sie klammerten sich aneinander. Wenn die Beziehung zwischen den beiden gleich nach seiner Ankunft in Waltershausen, also im Januar 1794 begann, also mit ziemlicher Wahrscheinlichkeit in den fast drei Monaten, in denen sie, vor Charlottes Rückkehr aus Weimer, allein im Schloss waren, muss sie über die ganze Zeit, in der Hölderlin im Schloss gelebt hat, gedauert haben.

Anfang Oktober fuhren alle zusammen auf Charlottes Erbgut Dankenfeld in der Nähe von Bamberg, kehrten aber bald wieder zurück. Dann, Anfang November 1794, beschloss Charlotte mit Hölderlin und dem Zögling, der sich immer unausstehlicher benahm, nach Jena zu gehen. Wilhelmine lebte danach noch zwei Monate allein in Waltershausen und zog Ende Dezember 1794 nach Meiningen, wo sie im Juli 1795 ihre Tochter Louise Agnese zur Welt brachte, die ein Jahr später an den Blattern starb.

Hölderlin aber hörte in Jena Fichte und fast nur Fichte, wurde mit Goethe bekannt und erneuerte die alte Freundschaft mit Schiller. – In Frankreich wütete der Terror, dessen war sich Hölderlin Ende des Jahres 1794 bewusst. – Es war eine Zeit des Umbruches, der in seiner empfindsamen und von der Philosophie der Zeit berührten Seele längst angekommen war. Am 26. Januar 1795 schreibt Hölderlin an Hegel, dass er „der Majorin" den Wunsch vortrug, „mein Verhältnis zu verlassen". Er ließ sich überreden, es doch noch einmal zu versuchen, „konnte aber den Spaß nicht länger als vierzehn Tage ertragen". (II, 567) – Der Junge, der seine Mutter für sich haben wollte, hatte sich zu

Hölderlins „exzentrischer Bahn" (I, 489) nicht hatte aufschwin-
gen können. Er war adlig, und Hölderlin war ein Bürger und
Hofmeister.

Es muss zwischen Hölderlin und Wilhelmine von Anfang
an eine Beziehung bestanden haben, die man am besten mit
den Worten von Hölderlins Lieblingsphilosoph Hemsterhuis
beschreibt: „Könnte die Seele ohne Vermittlung von Organen
durch einen Gegenstand affiziert werden, so wäre die Zeit, die
sie brauchte, um sich eine Vorstellung davon zu machen, genau
auf Null reduziert." (nach Gaier, 45) Wilhelmine Kirms muss
eine selbstständige, auch in ihrer Selbstständigkeit rigorose Frau
gewesen sein. Über seine Beziehungen vor Wilhelmine schreibt
Hölderlin im Fragment: „... Und forderte nun ... Da stand
das arme Wesen, verlegen und betroffen, oft auch hämisch –"
(I, 490) „Und dann erschien mir Sie, hold und heilig, wie eine
Priesterin der Liebe stand sie vor mir; wie aus Licht und Duft
gewebt, so geistig und zart;" (I, 492) So wird Hyperions Geliebte Melite im Fragment dargestellt. – Es wird Hölderlins erstes
längeres erotisches Erlebnis gewesen sein. Aber als Wilhelmine
Hölderlins inneres Wesen entdeckt hatte, erkannte Hölderlin,
„dass das Herrliche, was ich liebte, so herrlich war, dass es mein
nicht bedurfte". (I, 496) – „Du musst anders werden, rief sie
etwas heftiger als gewöhnlich." (I, 501) – Ich muss zugeben, dass
eine leichte Gleichsetzung der Züge von Melite und Wilhelmine kühn, wenn nicht sogar vermessen, falsch oder Literatur ist.
Ich weiß nicht, ob sie schon jemand gewagt hat. Aber Wilhelmine war so selbstständig und so bei sich selbst, dass sie wohl
mit Hölderlin keine Zukunft gesehen hat.

Das weitere Schicksal Wilhelmines oder das, was man von
ihr weiß, ist schnell erzählt. Sie blieb jedenfalls noch mindestens
ein Jahr, bis zum Tod ihrer einjährigen Tochter, in Meiningen.
Am 22. Februar 1795 bat Hölderlin seine Mutter, ihm „sieben
bis zehn Karolin zu schicken". Er hätte nicht um so viel gebe-
ten, „wenn (er) nicht noch einen kleinen Posten in Meiningen

zu bezahlen hätte". (II, 573) – Das Geld kann nur für Wilhelmine und das Kind bestimmt gewesen sein. Fast sein ganzes Jahresgehalt. In Meiningen lebte die Lieblingsschwester Schillers, Christophine, mit dessen Freund Reinwald verheiratet. Vielleicht wurde Wilhelmine dadurch Gouvernante in dieser Stadt. Am 8.1.1799 heiratete sie in Dresden Christian Gotthelf Zeis, Mitglied einer großbürgerlichen Familie, den sie durch ihre Schwester Charlotte kennengelernt hatte. Am 9. Januar 1800 wird ihr Sohn August geboren, der mit siebzehn Jahren in Leipzig, mitten in einer kaufmännischen Lehre, stirbt. Am 11. April 1804 kommt ihre Tochter Agnese zur Welt. Wilhelmine hatte Hölderlin nicht vergessen. Agnese wird Musikerin, ist in Leipzig Schülerin von Carl Maria von Weber, geht als Musikerin nach Paris und wird dort Frau des französischen Konsuls Levasseur. Wilhelmine zieht 1828 nach Naumburg und dann 1836 nach Triest. Vielleicht zusammen mit ihrer Tochter, deren Mann möglicherweise dorthin versetzt wurde. Danach verliert sich ihre Spur.

Am 23. August 1797, Hölderlin stand noch mitten in seiner Frankfurter Hauslehrer-Periode bei der Familie Gontard, war Goethe in Frankfurt zu Besuch, und Hölderlin sprach bei ihm vor. Goethe schrieb danach an Schiller: „Gestern ist auch Hölterlein bei mir gewesen, er sieht etwas gedrückt und kränklich aus, aber er ist wirklich liebenswürdig und mit Bescheidenheit, ja mit Ängstlichkeit offen." (III, 598) – Zu diesem Zeitpunkt war der erste Band des Hyperion, der Hölderlins Ruhm mitbegründen sollte, schon fertig.

Nachwort

Ohne die dreibändige Hölderlin-Ausgabe von Michael Knaupp, München 2019 (Band mit römischen, Seite mit arabischen Ziffern zitiert) und ohne Auswahl aus der reichhaltigen Literatur um und über Hölderlin hätte ich diese Erzählung nicht schreiben können. Geholfen haben mir vor allem:

RÜDIGER SAFRANSKI: *Hölderlin. Komm ins Offene, Freund!* Biografie. München 2019
WILHELM MICHEL: *Das Leben Friedrich Hölderlins.* Mit einem Geleitwort von Friedrich Beißner. Darmstadt 1963
STEPHAN WACKWITZ: *Friedrich Hölderlin.* Stuttgart/ Weimar 1997
ULRICH GAIER: *Hölderlin. Eine Einführung.* Tübingen und Basel 1993
PIERRE BERTAUX: *Friedrich Hölderlin.* Frankfurt/M. 2000 (Erstersch. 1970)
Hölderlin. Eine Chronik in Text und Bild. Von ADOLF BECK und PAUL RAABE. Frankfurt 1970
URSULA NAUMANN: *Charlotte von Kalb.* Eine Lebensgeschichte (1761-1843). Stuttgart 1985
MARSILIO FICINO: *Über die Liebe oder Platons Gastmahl.* Übersetzt von Karl Paul Hasse. Herausgegeben und eingeleitet von Paul Richard Blum. Hamburg 1984
FRANS HEMSTERHUIS (1721-1790): *Quellen, Philosophie und Rezeption.* Münster 1995
PETER HÄRTLING: *Hölderlin.* Ein Roman. München 2017 (Erstersch. 1976)
ADOLF BECK: *Die Gesellschafterin Charlottens von Kalb.* Eine Episode im Leben Hölderlins. Versuch der Sammlung und

Erklärung archivalischer Dokumente. In Hölderlin Jahrbuch
10, 1957. Seite 46-66

Natürlich auch: Kants *Kritik der reinen Vernunft*, Fichtes
Wissenschaftslehre, Spinozas *Ethik* und Jacobis *Spinoza-Briefe an
Moses Mendelssohn* sowie Heinses *Ardinghello*, Wielands *Aga-
thon* und Bouterweks *Donamar*

Mit großem Dank an Dr. Josef Henke.

Jens Korbus, 1943 in Ostpreu-
ßen geboren, studierte in Bonn
und Düsseldorf Germanistik und
Philosophie und schrieb seine
zwei Staatsarbeiten über Heinrich
Heine und Max Frisch. Er war
eine Zeitlang Assistent am Ger-
manistischen Institut der Universität Düsseldorf und unterrichtete
dann Deutsch und Philosophie
an einem Koblenzer Gymnasi-
um. 1988 erhielt er den Fachinger Kulturpreis für seinen Brief
an Goethe. Er hat bis heute 23
Bücher geschrieben, davon acht
über Goethe.

Als Jens Korbus im September 1988 erster Preisträger beim Fachinger Kulturpreis wurde, hatte er von seinen achtzehn Büchern noch keines geschrieben. Aber er beeindruckte Professor Herbert Heckmann, den damaligen Präsidenten der Deutschen Akademie für Sprache und Dichtung und die vier anderen Jurymitglieder so, dass er (die Texte wurden anonym eingesandt) den 1. Preis erhielt. Es folgten ein Cagliostro-Roman und siebzehn weitere Erzählungen und Novellen, sechs davon über Goethe. Jens Korbus stellt sich mit seinen sechs hier versammelten Büchern als ausgewiesener Goethe-Kenner dar. Er ist studierter Germanist und Philosoph.

- Goethes Schöne Mailänderin
- Oh's Unrecht ist, was ich empfinde
- Leben in Weimar
- Goethes Krafft
- Charlotte
- Dein Herz hält alles aus

Jens Korbus
Mein Goethe
396 Seiten
ISBN 978-3752832297
€ 15,90 (Taschenbuch)
€ 6,49 (Ebook)

Weitere Bücher von Jens Korbus

Eine Stunde sind wir im Goethehaus am Frauenplan in Weimar. Es ist der 8. November 1814. Friedrich Wilhelm Riemer, Goethes Zuarbeiter und Mitglied der „Factory Goethe" will an diesem Tag Caroline Ulrich, Goethes „Nenntochter" heiraten. Riemer unterhält sich vor der Hochzeit noch einmal mit Goethe, blickt zurück - ebenso wie Goethe - und hängt seinen Gedanken nach. Fast die gesamte Erzählung spielt sich in Riemers Kopf und in den Erzählungen und Kommentaren Goethes ab. Wird Riemers Verbindung mit Caroline Ulrich zustande kommen, oder wird Goethe die Heirat noch in der letzten Minute zu verhindern wissen?

Die zweite Erzählung schildert die letzten Tage von Goethe und Charlotte von Stein im August 1786 in Karlsbad, kurz bevor sich Goethe nach Italien verabschiedete. Man bekommt einen Einblick in das tägliche Leben in dem berühmten böhmischen Kurbad und auch in Charlotte von Steins Innenwelt. Goethe verhielt sich bei seinem Abschied nicht sehr fair. Die Intuition Charlottes war genial, reichte aber nicht aus, ihn von seiner Reise abzuhalten.

Jens Korbus
Das Geschenk & Karlsbad tanzt
Zwei Erzählungen über Goethe
84 Seiten
ISBN 978-3749433322
€ 8,90 (Taschenbuch)
€ 2,99 (Ebook)

Weitere Bücher von Jens Korbus

Cagliostro
ISBN 978-3734791093
€ 8,99 (Taschenbuch)
€ 2,99 (eBook)
Über Cagliostro, den bekanntesten Okkultisten des 18. Jahrhunderts, der aus dem Kerker der Inquisition entkommen kann und sein abenteuerliches Leben erzählt.

Brandt Warner
ISBN 978-3744830201
€ 7,99 (Taschenbuch)
€ 2,99 (eBook)
Der Universitätsdozent Brandt Warner wird in der kleinen rheinischen Universitätsstadt Alt-Muhl in den Strudel der Ereignisse um seine Heine-Vorlesung hineingerissen. Eine Studie über die Freiheit, die immer die Freiheit des Andersdenkenden ist.

Unterhaltungen deutscher Aufgestiegener: Zwei Erzählungen und ein Erzählzyklus
ISBN: 978-3746056111
€ 7,99 (Taschenbuch)
€ 3,49 (eBook)
Geschichten von zumeist gescheiterten Beziehungen. Die Erzählungen zeigen die Hoffnungen und Enttäuschungen der ganzen Generation der frühen neunziger Jahre.